Diogenes Taschenbuch 22718

de
te
be

Jack Ritchie

Bei Anruf Alibi

Geschichten

Aus dem Amerikanischen von

Jobst-Christian Rojahn

Diogenes

Umschlagzeichnung von
Tomi Ungerer

Deutsche Erstausgabe

80/94/36/1
ISBN 3 257 22718 3

Inhalt

Bei Anruf Alibi

Ralph«, sagte ich düster, »wenn sich ein sehr reicher Mann allem Anschein nach das Leben genommen hat, dann hat das schon immer meinen Argwohn erregt.«

»Warum das, Henry?«

Ich lächelte grimmig. »Argwohn gehört zu meinem Geschäft.«

Trotzdem schien alles in Ordnung zu sein.

Orville Tucker, ein Mann in den Sechzigern, war von seiner Haushälterin, Mrs. Brewster, nachmittags um drei Uhr tot auf dem Sofa in seinem Arbeitszimmer gefunden worden, als sie hineingegangen war, um ihn aus seinem Mittagsschläfchen zu wecken.

Tucker wies nur eine einzige Schußverletzung am Kopf auf. Neben ihm lag ein Revolver des Kalibers zweiunddreißig. Den Schuß hatte offenbar niemand im Haus gehört.

Auf der Waffe hatte man Tuckers Fingerabdrücke gefunden und in seiner Linken einen Zettel, auf dem mit Schreibmaschine geschrieben stand: »Adrienne fragen. 563–2704.«

Ich wählte die Nummer, und es stellte sich heraus, daß ich mit der Beratungsstelle für in Not geratene Mitmenschen verbunden war. Adrienne hatte gerade keinen Dienst, würde aber, wie ich erfuhr, ab sieben Uhr abends erreichbar sein. Ich schickte sofort einen Polizeibeamten mit dem Auftrag zu ihrer Wohnung, sie zum Haus von Mr. Tucker zu bringen.

Dann begannen Ralph und ich mit der Vernehmung von Mrs. Brewster.

»Mrs. Brewster«, fragte ich, »ist Ihnen irgendein Grund bekannt, warum Mr. Tucker den Wunsch gehabt haben könnte, sich das Leben zu nehmen?«

Mrs. Brewster war etwa Mitte Fünfzig und hatte ein schweres Kinn. »Also, er hat sich nicht sonderlich gut gefühlt. Er mußte sehr darauf achten, was er aß.«

»Wie lange sind Sie schon bei Mr. Tucker angestellt?«

»Fünfundzwanzig Jahre, so ungefähr.«

»Ist Ihnen zufällig bekannt, wer die Erben von Mr. Tukker sind?«

»Soviel ich weiß, gibt es nur eine Erbin, und zwar seine Nichte, Miss Beatrice.«

»Hat Mr. Tucker vielleicht auch Sie in seinem Testament bedacht?«

»Ja. Jedenfalls hat er das gesagt.«

»In welchem Umfang?«

»Fünfzigtausend Dollar. Für ergebene und treue Dienste.«

Ich zog Ralph beiseite. »Ralph, fünfzigtausend Dollar sind ein starkes Motiv für einen Mord. Sie könnte sich doch, als Tucker sein Nickerchen machte, zu ihm ins Arbeitszimmer geschlichen haben. Sie hätte ihm, schnell handelnd, die Kanone in die kraftlose Hand schieben und mit seinem Finger den Abzug betätigen können.«

»Und was ist mit dem Zettel, Henry?«

»Ach ja. Warum war der nicht unterschrieben?«

»Aber ich bitte dich, Henry! Das war doch nun nicht gerade der Abschiedsbrief eines Selbstmörders, oder? Nur ein Name und eine Telefonnummer. Warum sollte er so etwas unterschreiben?«

Als Tuckers Nichte Beatrice eintraf, brachte sie einen hochgewachsenen, ein wenig unstet blickenden Mann mit.

»Das ist Clarence Kennicott«, stellte sie ihren Begleiter vor.

Der nickte bestätigend und tätschelte ihre Hand.

Ich kann Leute, die Hände tätscheln, nicht ausstehen und beschloß deshalb, ihn in meine offene Liste der Tatverdächtigen aufzunehmen.

Ich eröffnete die Befragung. »Haben Sie eine Ahnung, warum Ihr Onkel Selbstmord begangen haben könnte?«

»Hm, seine Gesundheit war stark angegriffen. Hat er keinen Abschiedsbrief oder dergleichen hinterlassen?«

»In gewisser Weise schon«, orakelte Ralph. »Sie sind die Alleinerbin Ihres Onkels?«

»Soweit ich weiß, ja.«

Kennicott ergänzte diese Aussage. »Abgesehen von einem Legat über einhunderttausend Dollar für Dr. Rathbourne und fünfzigtausend Dollar für Mrs. Brewster, fällt alles an Beatrice.«

Ich sah ihn scharf an. »Woher wissen Sie denn das?«

»Ich bin Orville Tuckers Testamentsvollstrecker.«

Jetzt zog Ralph mich von den anderen fort. »Und, Henry? Was meinst du?«

»Ralph«, erwiderte ich, »ich verfüge über einige Menschenkenntnis. Diese Frau kann unmöglich ihren Onkel erschossen haben.«

»Und warum nicht?«

»Sie ist schlicht und einfach nicht der Typ. Aber schau dir mal diesen Kennicott an! Der sieht ganz wie ein Mörder aus.«

»Also wirklich, Henry! Du kannst doch auch ein Buch nicht nach seinem Umschlag beurteilen.«

»Vielleicht nicht, Ralph, aber achte mal auf die Art, wie er um Beatrice Tucker herumscharwenzelt. Es sollte mich gar nicht wundern, wenn er von der phantastischen Vorstellung ausginge, daß sie ihn heiratet, sobald sich der Wirbel gelegt hat, und er so in die Lage versetzt wird, das Erbe mit ihr zu teilen.«

Ein uniformierter Polizeibeamter kam herein, und mit ihm eine junge Frau, die zwischen zwanzig und dreißig Jahre alt war und tiefschwarzes Haar hatte.

»Ah«, sagte ich, »Sie sind Adrienne?«

Sie nickte. »Und Sie sind Detective Sergeant Henry Turnbuckle.«

Ich bat Adrienne McCullum, uns ihre Version der Geschichte zu erzählen.

»Ja, also, Mr. Tucker hat in der vergangenen Woche dreimal bei unserer Beratungsstelle angerufen. Nur wußte ich da noch nicht, daß es Mr. Tucker war, weil er mir seinen Familiennamen nicht nennen wollte, sondern immer nur seinen Vornamen benutzte.«

Sie beschloß, mir auch ein paar Hintergrundinformationen mitzuliefern. »Ich arbeite drei Abende pro Woche in der Beratungsstelle. Aus karitativen Gründen und um meiner Dissertation willen.«

»Warum hat Mr. Tucker denn die Beratungsstelle angerufen?«

»Wegen seiner Gesundheit, beziehungsweise eher wegen des Mangels an selbiger. Er war deprimiert und drohte damit, sich das Leben zu nehmen, aber es gelang mir jedesmal, ihm das auszureden. Zumindest bis heute. Ich habe wiederholt versucht, seinen vollständigen Namen in Erfahrung zu bringen, um ihm konkreter helfen zu können, aber er hat sich geweigert, ihn preiszugeben.«

»Wollte er ganz speziell nur mit Ihnen sprechen?«

»Nicht beim ersten Mal, da hatte ich einfach gerade Dienst. Nach diesem ersten Gespräch wollte er dann aber nur noch mit mir reden.«

In diesem Augenblick kam Dr. Rathbourne herein, ein rundlicher Herr fortgeschrittenen Alters. Er nickte Kennicott und Beatrice Tucker zu und richtete an mich die Frage: »Orville hat Selbstmord verübt?«

»Es sieht so aus, im Augenblick jedenfalls. Können Sie mir etwas über Mr. Tuckers gesundheitlichen Allgemeinzustand sagen?«

Dr. Rathbourne antwortete mit einem Achselzucken. »Ihm fehlte eine ganze Menge, und jünger wurde er auch nicht gerade, aber er hätte gut und gerne noch zehn, fünfzehn Jahre leben können.«

Ich lächelte vielsagend. »Sie werden in Mr. Tuckers Testament bedacht?«

»Ja. Er hat mir mal gesagt, er wolle mir hunderttausend Dollar hinterlassen. Wir waren von Kindesbeinen an miteinander befreundet.«

»Wo waren Sie heute nachmittag zwischen zwei und drei Uhr?«

Er zögerte kurz. »Ich war in meiner Praxis. Das können meine Sprechstundenhilfe und ein halbes Dutzend Patienten bestätigen.«

»Wann haben Sie Tucker zum letzten Mal gesehen?«

»Am Donnerstagabend. Ich schaute bei ihm vorbei, und wir haben ein bißchen Schach gespielt.«

Ich wandte mich an Adrienne. »Hat Mr. Tucker mit Ihnen immer nur über seine Gesundheit gesprochen?«

»Meistens ja. Ihm machten Leber, Nieren, Magen und Arthritis zu schaffen.«

Dr. Rathbourne runzelte die Stirn. »Sind Sie da ganz sicher? Tucker hatte keine Arthritis.«

Sie überdachte ihre Worte noch einmal. »Also, wenn ich's mir genau überlege, hat er die Arthritis nur einmal erwähnt.« Dann runzelte auch sie die Stirn und fragte Dr. Rathbourne: »Sie sind am Donnerstagabend hiergewesen und haben mit ihm Schach gespielt?«

»Ja.«

»Ist er so gegen acht Uhr mal aus dem Zimmer gegangen und fünfzehn bis zwanzig Minuten fortgeblieben?«

»Nein, wir haben uns etwa um halb sieben hingesetzt und dann ohne Unterbrechung bis ungefähr zehn Uhr gespielt.«

»Aha!« sagte Adrienne triumphierend. »Aber wer war es dann, der mich am Donnerstagabend gegen acht Uhr in der Beratungsstelle angerufen hat? Wenn das am Donnerstagabend nicht Tucker war, dann war er's an den anderen Abenden auch nicht, denn es war bei allen Anrufen die gleiche Stimme.«

Dr. Rathbourne rieb sich das Kinn. »Dann ist diese Person, die sich als Tucker ausgegeben hat, wohl unachtsam gewesen und hat aus Versehen auch die eigene Arthritis zur Sprache gebracht, als sie in Tuckers Leiden schwelgte.«

Ich war nahe daran gewesen, auf diesen Zusammenhang hinzuweisen.

Jetzt sah Dr. Rathbourne Kennicott mit gefurchter Stirn an. »*Sie* haben doch Arthritis, Clarence«, sagte er.

Ich war darauf gefaßt, daß Kennicott auf die Millionen von Menschen hinweisen würde, die an Arthritis leiden, aber er zuckte lediglich die Achseln.

Beatrice blickte bestürzt drein. »Welchen Grund sollte Clarence denn haben, Onkel Tucker umzubringen?«

Ich öffnete den Mund, um auf diese Frage zu antworten, aber Dr. Rathbourne war schneller. »Gerüchteweise ist mir zu Ohren gekommen, daß Clarence bis über beide Ohren verschuldet ist. Ich glaube, ehrlich gesagt, daß er deinen Onkel umgebracht hat, weil er von der kühnen Vorstellung ausgegangen ist, dich heiraten zu können und dadurch zum Teilhaber an deinem Vermögen zu werden.«

Beatrice Tucker starrte Kennicott an. »Du lieber Himmel, Clarence! Ich würde doch nie und nimmer einen Mann heiraten, der ständig meine Hand tätschelt!«

Nun nahm auch Adrienne Kennicott aufs Korn. »Sie haben wohl gedacht, es bestünde nicht der Hauch einer Chance, daß wir beide noch einmal miteinander telefonieren, geschweige denn uns persönlich begegnen. Ich kann mir lebhaft vorstellen, wie überrascht Sie waren, als Sie mich hier auftauchen sahen.« Sie lächelte grimmig und fuhr fort: »Kein Wunder, daß ich Sie, seit ich hier hereingekommen bin, noch kein einziges Wort habe sagen hören. Nun sagen Sie mal was, irgend etwas. Sollten Sie derjenige sein, der die Anrufe gemacht hat, werde ich Sie an der Stimme wiedererkennen.«

Kennicott starrte uns alle an und zog dann einen Notizblock und einen Kugelschreiber aus der Tasche. Er kritzelte etwas auf eine Seite, riß sie heraus und reichte sie mir.

Darauf stand: »Ich weigere mich, irgend etwas zu sagen – ich will erst mit meinem Anwalt sprechen.«

Tja, das war's dann wohl. Sie alle zusammen hatten den Fall begierig gelöst. Natürlich war die Sache noch nicht hieb- und stichfest, aber da wir jetzt sozusagen ein Ziel hatten, würden wir ganz ohne Zweifel auch noch brauchbares Beweismaterial ausgraben können.

Gleichwohl war ich alles andere als euphorisch gestimmt. Ich seufzte. »Ach Ralph, warum ist das Leben so kurz, wo doch die Tage so lang sind?«

»Aber, aber, Henry«, sagte Ralph. »Nun mach dir mal bloß keine Gedanken. Du hast doch von Anfang an auf Kennicott getippt.«

»Ralph, getippt ist nicht deduziert. Ich hätte der Deduktion den Vorzug gegeben.« Ich sah die Versammelten an. »Ohne jegliche Einmischung.«

»Versteht sich, Henry. Du warst ihnen gegenüber einfach in der Minderheit. *Sie* konnten den Fall nur alle zusammen aufklären.«

In der Minderheit? Meine Stimmung besserte sich wieder ein wenig. Ja, ja, da war etwas dran. Hätte man mir nur ein klein bißchen mehr Zeit gelassen, hätte ich den Fall *mit Sicherheit* sofort gelöst.

Mord nach Alphabet

Der erste Tote war ein Stadtstreicher.

Wir besahen uns den Verstorbenen im Schein unserer Taschenlampen.

Ralph sagte: »Ich frage mich, warum er dieses mit Lippenstift gemalte A auf der Stirn stehen hat.«

Ich richtete mich auf. »Wir dürfen nicht so ohne weiteres davon ausgehen, daß es der Buchstabe A ist, Ralph. Es könnte ja auch die etwas grobe Darstellung einer Pfeilspitze sein.«

Ralph schaute noch einmal hin. »Wieso Pfeilspitze?«

»Ralph, nun sieh dir doch mal das rabenschwarze Haar des Opfers an. Die schwarzen Augen. Die ganz allgemein dunkle Tönung des Gesichts. Die würdevolle Haltung des amerikanischen Indianers, selbst noch im Tod. Deutet das nicht auf Menominee oder auch Potawatomi hin?«

Ich wandte mich an einen der uniformierten Polizeibeamten, die vor uns an der Fundstelle eingetroffen waren. »Ist das Opfer schon identifiziert?«

Der Beamte nickte. »Nach dem Inhalt seiner Brieftasche und den Aussagen von Leuten hier in der Gegend, die ihn kannten, handelt es sich um Casimir Kaminski Wisniewski.«

»Tja«, sagte ich und ließ das Vergangene vergangen sein, »hat vielleicht irgend jemand eine Erklärung für den Großbuchstaben A, den man diesem unglücklichen Mann auf die Stirn gemalt hat?«

Niemand antwortete.

Das Opfer war in sitzender Stellung in der Nische eines Hausflurs gestorben. Eine leere, in einer Papiertüte stekkende Halbliterflasche Whiskey lag neben ihm.

Einer der Leute von der Dienststelle des Coroners*, der Nachtschicht hatte, sagte: »Nur ein einziger Schlag. Und geht man nach dem Aussehen der Delle im Schädel, so würde ich sagen, daß sie von einer dünnen Eisenstange stammt.«

Die Waffe, die Wisniewskis Leben ein Ende gemacht hatte, war noch nicht gefunden worden.

Der Beamte in Uniform hatte auch noch weitere Informationen parat. »Nach Aussagen des Wirtes der Kneipe hier nebenan kam Wisniewski an diesem Abend gegen acht bei ihm rein und kaufte sich eine Halbliterflasche Whiskey. Dann ging er wieder. Wisniewski gehörte nicht zu denen, die gern in Gesellschaft trinken. Er verzog sich lieber und soff die ganze Flasche allein aus. Weit ist er nie gegangen. Nur um die Ecke, bis zu diesem Hauseingang. Ich schätze, er hat sich hier reingesetzt, es sich richtig bequem gemacht und dann die Flasche geleert. Könnte gut sein, daß er schon schlief, als er getötet wurde. Als wir eintrafen, war sein Körper noch warm.«

Es war jetzt kurz vor neun.

Ralph und ich nahmen unsere Befragungen in der Kneipe auf, in der Wisniewski den Whiskey erstanden hatte. Wir erfuhren, daß er zwischen vierzig und fünfzig Jahre alt war und keinen festen Job hatte. Er verdiente sich gelegentlich ein bißchen Geld mit der Verteilung von Werbeschriften

* Coroner: Beamter in England und in den USA, der ungeklärte Todesfälle untersucht.

oder damit, daß er in den Spelunken der Gegend putzte. Allem Anschein nach zog er es meistens jedoch vor, dort im Viertel umherzustrolchen und zu betteln. Soweit man wußte, hatte er keine feste Adresse. Offenbar suchte er bei kaltem Wetter im Nachtasyl der Gegend Unterschlupf, während er bei milderer Witterung pennte, wo es ihm paßte und wo ihn weder die Füße von Passanten noch der Regen behelligten.

Als wir gegen halb zehn gerade ein paar von Wisniewskis Bekannten befragten, richtete uns ein Polizeibeamter aus, daß uns Oberhäuptling Parkington zu sprechen wünsche.

Wir gingen zu unserem am Straßenrand geparkten Streifenwagen hinaus, der mit einem Funktelefon ausgestattet war.

»Na, Henry«, sagte der Captain, »wie sieht's bei euch aus?«

»Ich sage mal voraus, daß wir den Übeltäter oder die Übeltäterin innerhalb von vierundzwanzig Stunden festgenommen haben werden.«

»Das ist schön, Henry, aber es könnte auch sein, daß Sie im Augenblick an der falschen Stelle suchen. Wie ich hörte, hatte Ihre Leiche ein großes, mit Lippenstift gemaltes A auf der Stirn stehen?«

»Wir sind einigermaßen sicher, daß es der Buchstabe A sein soll.«

»Tja, Henry, wir haben gerade eine weitere Leiche gefunden. Diesmal im Industriegebiet am Fluß. Der Bursche hat ebenfalls eins über die Rübe gekriegt, aber auf seiner Stirn steht der Buchstabe B.«

Das genannte Industriegebiet liegt in der Niederung beiderseits des Flusses, der die Stadt in eine nördliche und eine südliche Hälfte teilt. Der Verkehr zwischen beiden fließt über eine Reihe von Brücken.

Unter diesen Brücken liegt ein Gebiet, das die meisten seiner Fabriken und Betriebe an das Raumangebot und die Steuervergünstigungen der Gewerbegebiete weiter draußen auf dem Land verloren hat. Die noch verbliebenen Produktionsstätten sind ganz offensichtlich erschöpft und ihrem Ende nahe. Sie werden aufs Geratewohl durch kurze Straßen miteinander verbunden, Straßen mit heruntergekommenen Holzhäusern, die aus den Zeiten stammen, als die Arbeiter noch zur Arbeit gingen, und als ihr Tagesablauf noch vom Heulen der Fabriksirenen und vom Läuten der Kirchenglocken bestimmt wurde. Die meisten der jungen und auf die Zukunft setzenden Leute waren längst fortgezogen, und man bekam nur noch selten Kinder zu sehen.

Am Ziel angekommen, hielten Ralph und ich hinter den schon eingetroffenen Streifenwagen an. Ein Kreis schweigender, müßig herumstehender Erwachsener hatte sich an der Einmündung der kleinen Gasse gebildet, in der der Tote gefunden worden war.

Ralph und ich überzeugten uns, daß der Tote tatsächlich den Buchstaben B auf der Stirn stehen hatte. Dabei stellten wir auch fest, daß er mit seiner rechten Hand ein großes, rotes Taschentuch umklammert hielt und eine 25-Cent-Münze nur wenige Zentimeter von seiner linken Hand entfernt lag.

»Ja, ja«, sagte ich, die Zeichen deutend. »Gerade, als er an der Einmündung dieses Sträßchens vorbeikam, dachte er, er müsse niesen oder sich mal die Nase putzen. Aus Versehen zog er dann jedoch mit seinem Taschentuch auch eine Münze heraus. Die fiel auf den Bürgersteig, und in dem

Augenblick, in dem er sich bückte, um sie aufzuheben, wurde er niedergeschlagen.«

Der uns schon vom ersten Opfer her bekannte Mann von der Dienststelle des Coroners hielt die mehr oder minder gleichen Informationen für uns bereit. »Nur ein einziger Schlag, der reichte jedoch. Auch dieselbe Art von Mordwaffe, schätze ich.«

Was immer als Waffe gedient haben mochte, gefunden hatte man sie noch nicht.

Ralph und ich nahmen unsere Befragungen in dem Gebäude auf, das dem Fundort der Leiche am nächsten lag, nämlich in ›Casey's Tavern‹. Wir erfuhren, daß es sich bei dem Ermordeten um einen gewissen James Leonardi handelte, 67 Jahre alt, unverheiratet. Er hatte in der gleichen Straße, nur ein paar Häuser weiter, zur Miete gewohnt und über fünfzig Jahre lang hier in der Handschuhfabrik gearbeitet, war aber inzwischen zu alt und bezog Rente.

Seit er im Ruhestand war, hatte er es sich zur Gewohnheit gemacht, abends in ›Casey's Tavern‹ zu gehen. Dort hatte er sich dann vor sein Bier gehockt, ferngesehen und sich unterhalten. Normalerweise war er so gegen halb zehn wieder nach Hause gegangen.

Seine Leiche war von einem älteren Ehepaar gefunden worden, das ›Casey's Tavern‹ nur wenige Minuten nach Leonardi verlassen hatte. Allem Anschein nach hatte der Killer Leonardi in der dunklen Gasse aufgelauert und zugeschlagen, als dieser an ihm vorbeigegangen war.

Wir erfuhren des weiteren, daß Leonardi ein so farbloser Mensch gewesen war, daß er nach übereinstimmender Auffassung aller keinerlei Feinde gehabt haben konnte. Sein Hauswirt verhalf uns zu der Information, daß Leonardi, solange er noch gearbeitet hatte, nicht gerade ein großer Sparer gewesen war, weshalb alles, was seine drei Neffen – die inzwischen ausnahmslos in West Allis wohnten – an Hinterlassenschaft erwarten konnten, eine Lebensversicherung in Höhe von fünftausend Dollar war.

Viertel vor zwölf brachen Ralph und ich unsere Befragung ab und fuhren zurück ins Präsidium, um uns in den Feierabend abzumelden. Ich fuhr sofort zu meiner Wohnung weiter, nahm ein Sandwich und einen großen Becher Ovomaltine zu mir und ging dann ins Bett.

Am nächsten Morgen klingelte um Viertel vor neun mein Telefon. Es war Captain Norwich, der an diesem Tag das Kommando hatte. »Henry, man hat mir berichtet, daß Sie und Ralph in der vergangenen Nacht zwei Leichen mit den ersten Buchstaben des Alphabets auf der Stirn im Programm hatten?«

Ich nickte in die Sprechmuschel. »Stimmt, Captain. Wir untersuchen die Möglichkeit einer Verbindung zwischen beiden Fällen.«

»Tja, Henry, wir haben inzwischen noch eine weitere Leiche dazubekommen. Einen Mann namens Cornelius van Leuggen. Man hat ihn heute morgen tot und mit dem Buchstaben C auf der Stirn in seinem Arbeitszimmer gefunden. Ich möchte, daß Sie und Ralph sofort hinfahren und die Ermittlungen aufnehmen. Sie kriegen auch Überstunden gutgeschrieben.«

Ralph und ich trafen uns im Präsidium, holten uns einen Wagen und fuhren zum Lake Shore Drive, wo wir kurz nach halb zehn zwischen den Backsteinpfosten der Einfahrt hindurch zum Haus der van Leuggens fuhren. Wir parkten den Wagen auf dem ovalen Vorplatz.

Ein uniformierter Beamter führte uns durch die Diele in

das Arbeitszimmer, das die Größe einer Kathedrale hatte. Ein Blick auf die Bücherregale genügte für die Feststellung, daß es da nicht einen einzigen papierenen Schutzumschlag gab. Hier gehörte ganz eindeutig dem Leder die Vorherrschaft.

Der Coroner hatte die Adresse der van Leuggens interessant genug gefunden, um unsere Anfrage persönlich zu beantworten. »Er hat drei Schläge auf den Kopf bekommen. Womit, weiß ich nicht. Wie ich höre, ist bislang noch keine Mordwaffe gefunden worden.«

Am Tatort trafen wir auf die Sergeants Handson und Whipperly, die von Captain Norwich unterrichtet und aufgefordert worden waren, uns freudig Hilfe und Respekt angedeihen zu lassen.

»Wer hat die Leiche gefunden?« erkundigte ich mich.

Ein großer, kahlköpfiger Mann trat aus dem Hintergrund hervor. »Ich, Sir.«

Ich sah ihn aufmerksam an. »Und wer sind Sie?«

»Winterset, der Butler. Obzwar heutzutage eigentlich niemand mehr jemanden nur noch zum Butlern anheuert. Ich habe auch noch andere Pflichten.«

»Wann haben Sie den Leichnam gefunden?«

»Heute morgen kurz vor acht, Sir. Als ich die Tür zum Arbeitszimmer aufmachte.«

»Ah«, sagte ich, »die Tür des Arbeitszimmers war geschlossen, und Sie haben sie aufgemacht? Warum?«

»Es ist meine Aufgabe, diesen Haushalt ganz allgemein in Betrieb zu halten, und im Zuge meiner Inspektionsgänge erweist es sich des öfteren als erforderlich, Türen zu öffnen.«

»Nachdem Sie die Leiche gefunden hatten, haben Sie da irgend etwas angefaßt?«

»Nichts, aber auch gar nichts, Sir. Es war offenkundig, daß für Mr. van Leuggen jede Hilfe zu spät kam. Deshalb machte ich schlicht die Tür wieder zu, verständigte die Familie von seinem Ableben und rief dann die Polizei an.«

»War Mr. van Leuggen ein Gewohnheitsmensch? Ging er beispielsweise jeden Abend zur gleichen Zeit ins Bett?«

»Ja, Sir. Üblicherweise zog er sich vor elf Uhr zurück.«

»Gut«, sagte ich. »Gut.« Ich rieb mir die Hände. »Ralph, der Fall weist eine Präzision auf, wie ich sie liebe. Wir sind in der Lage, den Zeitpunkt, zu dem Opfer A starb, einigermaßen genau anzugeben, da die Leiche noch ziemlich warm war, als sie gefunden wurde. Und wir wissen ferner, daß Opfer B kurz nach halb zehn gestorben ist. Wenn man jetzt die Zeit in Rechnung stellt, die man für die Fahrt vom Industriegebiet bis hierher benötigt, dann läßt sich wohl mit einem hohen Maß an Sicherheit behaupten, daß van Leuggen gestern abend zwischen zehn und elf Uhr ermordet worden ist.«

Ralph sah den Coroner an.

Der Coroner zuckte die Achseln. »Warum nicht? Ich meine, je länger ein Mensch tot ist, desto mehr muß man, was den Zeitpunkt des Todes anbetrifft, raten.«

Ralph nickte. »Könnte van Leuggen also nicht auch wie üblich um elf Uhr ins Bett gegangen sein, aber dann später hier unten irgendeinen Lärm gehört haben? Sagen wir mal, so gegen eins? Und da ist er dann runtergegangen, um mal nachzusehen.«

»Ralph, Ralph«, sagte ich geduldig. »Dir ist doch gewiß nicht entgangen, daß die Leiche vollständig angekleidet war. Das weist doch wohl darauf hin, daß er *vor* seiner üblichen Schlafenszeit umgebracht wurde. Hätte er um ein Uhr diesen von dir angenommenen Lärm gehört, dann hätte er wahrscheinlich einen Schlafanzug und einen Bademantel angehabt.«

Ralph wollte nicht locker lassen. »Es gibt heutzutage einen Haufen Leute, Henry, die den Besitz eines Bademantels für überflüssig halten. Oder das Tragen eines Schlafanzuges. Er hat also den Lärm gehört, sich angezogen und ist nach unten gegangen.«

Ich blickte ihn belustigt an. »Also Ralph, wenn *du* unten ein verdächtiges Geräusch hören würdest und weder Schlafanzug noch Bademantel anhättest, schön, dann würdest du dir irgendwelche Kleidungsstücke überziehen. Aber würdest du dich auch noch vor einen Spiegel stellen und dir eine völlig überflüssige Krawatte umbinden? Unsere Leiche hatte aber unübersehbar eine Krawatte um.«

Ralph war ein großmütiger Verlierer. »Das war verdammt gut durchdacht, Henry.« Dann zog er die Stirn in Falten, ging im Zimmer umher und blickte unter alle Lampenschirme.

»Die Lampen«, sagte er schließlich. »Warum sind die Lampen nicht an? Die Schreibtischlampe? Oder wenigstens eine von den anderen?«

»Aber wozu sollten die Lampen brennen, Ralph? Es ist hellichter Tag.«

»Das war es gestern abend aber nicht, Henry. Ich glaube nicht, daß das Opfer im Dunkeln dort an seinem Schreibtisch gesessen hat. Und der Mörder mußte auch sehen können, was er tat. Also müßten die Lampen noch brennen, tun sie aber nicht. Und der Butler hat gesagt, er hätte nichts angefaßt.«

Ich dachte nach. »Ralph, das Opfer könnte das Arbeitszimmer ja auch gerade erst betreten und sich im Dunkeln den Weg zu seinem Schreibtisch gesucht haben. Und bevor er noch die Lampe anknipsen konnte, schlug ihn der Mörder nieder.«

»Aber Henry, der Mörder soll *im Dunkeln dreimal* zugeschlagen und dabei auch noch jedesmal genau getroffen haben?«

Das war ein bißchen schwierig, gleichwohl fand ich die offenkundige Antwort. »Welche Gewißheit haben wir denn, daß der Mörder wirklich nur dreimal zugeschlagen hat? Es könnten ja auch zwanzig Hiebe gewesen sein, von denen siebzehn danebengingen.«

»Aber Henry, wären dann alle siebzehn *total* daneben gegangen? Hätten nicht zumindest ein paar der Schläge van Leuggens Schultern oder Arme oder was auch immer getroffen? Alle Verletzungen finden sich jedoch ausschließlich auf einem einzigen kleinen Kopf.«

»Es könnte gestern abend hier drin ja auch nicht ganz dunkel gewesen sein, Ralph. Vielleicht strömte das Mondlicht durch die völlig einwandfreien Terrassenfenster herein?« Ich wandte mich an die im Zimmer Versammelten. »Kann sich jemand von Ihnen erinnern, ob wir gestern Vollmond hatten? Oder wenigstens so gut wie?«

Die Sergeants Handson und Whipperly hatten unserem deduzierenden Zwiegespräch mit offensichtlicher Ehrfurcht gelauscht, und Whipperly wagte nun die Vermutung: »Vielleicht hat der Mörder vor Verlassen des Zimmers das Licht ausgemacht?«

Winterset schaltete sich ein. »Als ich sagte, ich hätte nichts angefaßt, meinte ich lediglich, daß ich weder die Leiche noch irgendwelche Dinge in ihrer Nähe berührt hätte. Es könnte sehr wohl sein, daß die Macht der Gewohnheit oder eine unbewußte Berücksichtigung der Energieknappheit ... oder vielleicht auch die Tatsache, daß ich mich in einem schockartigen Zustand befand ... mich dazu veranlaßt hat, umherzugehen und alle Lichter zu löschen.«

Ich wandte mich wieder Ralph zu. »Du siehst, Ralph, es gibt für alles eine vollkommen vernünftige Erklärung. Es bestand kein Anlaß zu Panik.«

Dann wandte ich mich erneut an Winterset. »Sie sagten vorhin, Sie hätten die Familie von Mr. van Leuggen verständigt. Wer ist denn das, diese Familie?«

»Mr. van Leuggens zwei Neffen und eine Nichte. Sie wohnen hier im Haus.« Er deutete auf zwei junge Männer und eine junge Frau, die alle drei auf der anderen Seite des Raumes auf einem Sofa saßen und uns anstarrten.

Ich trat zu ihnen. »Ich bin Detective Sergeant Henry S. Turnbuckle.«

Ariadne van Leuggen war ein Mädchen so um die Mitte Zwanzig mit tiefschwarzem Haar und veilchenblauen Augen hinter einer großen, runden Hornbrille. Die Neffen waren allem Anschein nach ein paar Jahre älter. Roscoe van Leuggen trug eine hauptsächlich grünkarierte Jacke, Sigmund eine einfarbig blaue. Das schien der einzige Unterschied zwischen ihnen zu sein.

Roscoe verschränkte die in den karierten Ärmeln steckenden Arme vor der Brust und lächelte. »Sigmund und ich, wir sind Zwillinge.«

Ich zog Ralph beiseite. »Das gefällt mir ganz und gar nicht.«

»Was gefällt dir ganz und gar nicht?«

»Diese Zwillinge. Wo Zwillinge auftauchen, da gibt's immer Kuddelmuddel. Vertauschte Rollen und dergleichen. Wenn einer von ihnen ums Leben kommt, weiß man nie, welcher es ist.«

Ich kehrte zu den noch lebenden van Leuggens zurück. »Nach der Kleidung Ihres Onkels zu urteilen, war er ein reicher Mann, nicht wahr?«

Ariadne stimmte mir zu. »Millionenschwer.«

»Ah«, sagte ich entwaffnend, »und wer wird diese Millionen erben?«

»Wir drei«, antwortete Ariadne.

Nun lächelte Sigmund und verschränkte seine blau bekleideten Arme vor der Brust. »Ich nicht. Ich bin enterbt worden.«

Ariadne sah ihn an. »Weswegen denn *diesmal*?«

»Ich habe eine Beule in Onkels Lieblingscadillac gefahren.«

Ariadne hielt es ganz richtigerweise für erforderlich, dies alles näher zu erklären. »Ich bin mindestens schon ein halbes dutzendmal enterbt worden, Sigmund und Roscoe mindestens schon doppelt so oft. Der Onkel enterbte uns einfach gern. Sagte immer, das hielte uns auf Trab. Er war nur dann glücklich, wenn einer von uns mal wieder aus seinem Testament rausgeflogen war.«

Ich wandte mich an Sigmund. »Ihnen gehen durch die Enterbung Millionen verloren, und Sie sitzen trotzdem mit lächelndem Gesicht da? Läßt sich das erklären?«

Er nickte glücklich. »Verstehen Sie nicht? So habe ich doch kein Motiv für einen Mord an Onkel Cornelius. Aber Ariadne und Roscoe, die haben beide eins, ein ganz wunderschönes.«

Winterset hatte die ganze Zeit zur Decke hinaufgestarrt, beschloß nun jedoch, mich an etwas zu erinnern. »Ich konnte nicht umhin zu bemerken, daß auf Mr. van Leuggens Stirn mit Lippenstift der Buchstabe C aufgemalt war.«

Ich sah ihn aufmerksam an. »Was läßt Sie so sicher sein,

daß es der Buchstabe C ist? Könnte es sich nicht auch um eine Darstellung der Mondsichel handeln? Oder vielleicht auch um die einer ganz normalen Sichel ohne Griff?«

Winterset blieb hartnäckig. »Ich habe heute in der Morgenzeitung gelesen, daß gestern abend zwei Menschen ermordet worden sind. Der eine hatte den Buchstaben A auf der Stirn stehen, der andere den Buchstaben B. Und als ich dann dieses Zeichen auf Mr. van Leuggens Stirn sah, da nahm ich an, daß es ein C war.«

Ralph hatte nachgedacht. Jetzt ergriff er das Wort. »Reicher Mann, armer Mann, Bettelmann, Dieb ...«

Natürlich blickten wir ihn alle an.

Er errötete ein wenig. »Da haben wir van Leuggen, der zweifellos reich war. Und dann Wisniewski, den Schnorrer oder, anders ausgedrückt, den Bettelmann. Und schließlich ist da Leonardi, der von seiner Rente lebte, also arm dran war. Reicher Mann, armer Mann, Bettelmann, Dieb.«

»Worauf willst du hinaus, Ralph?« fragte ich, obwohl ich die Antwort schon ahnte.

»Das nächste Opfer des Mörders wird ein Dieb sein, Henry.«

Ich zog Ralph aus der Hörweite der anderen. »Siehst du nicht, daß dabei eine gewisse Redundanz ins Spiel kommt?«

»Wieso Redundanz?«

»Ralph, unser Mörder hat eine ausgezeichnete Serie am Laufen. A, B, C, D, E, F und so weiter. Warum sollte er außerdem noch auf den Abzählvers ›Reicher Mann, armer Mann, Bettelmann, Dieb‹ zurückgreifen?«

»Vielleicht will er die Sache ein bißchen mit Leben füllen, sozusagen. Ihr ein wenig Format geben?«

»Nein, Ralph. Und nebenbei bemerkt, die Reihenfolge in deinem kleinen Abzählvers ist reicher Mann, armer

Mann, Bettelmann, Dieb. Und nicht Bettelmann, armer Mann, reicher Mann und so weiter und so fort.«

Ralph war enttäuscht. »Du meinst also nicht, daß das nächste Opfer ein Dieb sein wird?«

Ich fing an, mit unaufhaltsamer Folgerichtigkeit zu denken. »Ralph, wir sind davon ausgegangen, daß die drei Morde sozusagen identisch sind, aber es gibt da doch ganz entscheidende Unterschiede.«

»Welche entscheidenden Unterschiede?«

»Die Morde A und B wurden an relativ öffentlichen Plätzen begangen, das heißt am Anfang einer kleinen Gasse und in einem Hauseingang. Und in beiden Fällen schlug der Täter nur einmal zu. Ferner konnte bei den ersten beiden Opfern der Zeitpunkt des Todes mit ziemlicher Genauigkeit festgestellt werden. Aber trifft das alles auch für das dritte Opfer zu, im folgenden Opfer C genannt?«

»Ich bin ganz Ohr, Henry.«

»Um den Mord an Opfer C begehen zu können, mußte der Mörder in das Heiligtum eines Privatbesitzes eindringen. Er mußte sein Opfer in der Helligkeit künstlichen Lichts umbringen. Und dabei schlug er nicht nur *einmal*, sondern *dreimal* zu. Deutet das nicht viel eher auf Leidenschaft als auf kaltblütigen Mord hin?«

Ralph dachte über diese Möglichkeit nach. »Jemand hier im Haus, der... außer dem Butler... die Morgenzeitung auch gelesen hatte, fand, daß dies der richtige Augenblick sei, Onkel Cornelius loszuwerden und die Schuld dem Alphabetmörder zuzuschieben.«

»Nein, Ralph, Cornelius van Leuggen war so kalt und tot wie nur irgendwas, als man seine Leiche fand, was darauf schließen läßt, daß er umgebracht wurde, lange bevor die Morgenzeitungen auf dem Frühstückstisch landeten. Obwohl wir den Zeitpunkt seines Ablebens noch nicht genau festlegen können. Wir haben lediglich angenommen, daß er zwischen zehn und elf Uhr zu Tode kam.«

»*Wir* haben angenommen?«

Ich lachte amüsiert auf. »Das erinnert mich doch stark an *Der entwendete Brief*.«

»Alles erinnert dich daran.«

»Wo ließe sich ein Mord besser verstecken als unter anderen Morden? Anders ausgedrückt, wäre es nicht möglich, daß unser Killer ein durchaus begründetes Motiv für den Mord an einem seiner Opfer hatte? Die beiden anderen waren lediglich eine der Vertuschung dienende Zugabe.«

Ralph versuchte es damit. »Du meinst, unser Mörder tötete Wisniewski und daraufhin die anderen beiden, um den Mord zu vertuschen?«

»Nein, Ralph. Wer würde schon einen derartigen Aufwand treiben, nur um den Mord an einem Bettler zu vertuschen? Nein, wir müssen nach dem *zentralen* Motiv suchen. Und das ist ja für gewöhnlich das liebe Geld, nicht wahr? Was uns zu van Leuggen bringt.«

»Opfer C?«

»Ralph, die Tatsache, daß der Mörder seine Opfer so umsichtig mit A, B und C etikettiert hat, bedeutet nicht notwendigerweise, daß er sie auch in dieser Reihenfolge umgebracht haben muß. Könnte die Reihenfolge nicht ebensogut BAC gewesen sein? Oder ACB? Oder noch wahrscheinlicher CAB?«

Ralph wartete darauf, überzeugt zu werden.

»Ralph, alle *drei* Opfer wurden in der *gleichen* Nacht getötet. Wozu diese unziemliche Hast? Das legt weit eher Verzweiflung nahe als intelligentes, vorausschauendes Planen, nicht wahr? Wenn du kaltblütig beschließt, diesen einen Mord in einer ganzen Mordserie zu verstecken, würdest du die Morde dann nicht über einen größeren Zeitraum verteilen? Etwa über eine Woche, vielleicht auch über zwei Wochen? Das würde der Polizei und der Öffentlichkeit genügend Zeit geben, sich mit dem Gedanken vertraut zu machen, daß da ein Killer im Stil Jack the Rippers herumstreift. Aber sie wurden *alle* in *einer* Nacht ermordet.«

»Also schön, Henry, und was besagt das nun?«

»Es besagt, daß Opfer C zuerst umgebracht worden ist. In der Hitze eines tödlichen Gefühlsausbruchs. Und unser Mörder, dem klar wurde, daß er mit größter Sicherheit als der Hauptverdächtige angesehen werden würde, kam zu dem Schluß, daß seine einzige Hoffnung, ungeschoren davonzukommen, darin lag, es so *aussehen* zu lassen, als sei dieser Tod nur einer in einer ganzen Reihe von Morden, ohne jedes vernünftige Motiv, begangen von einem Verrückten. Er dachte: Wenn schon, denn schon. Und so schmierte er seinem Opfer ein C auf die Stirn und zog dann los, um A und B zu ermorden.«

Ich ließ das Arbeitszimmer bis auf die Leute, die offiziell darin zu tun hatten, räumen und wies dann den für die Fingerabdrücke zuständigen Experten an, sich mal die Geräte am Kamin vorzunehmen, vor allem den Schürhaken.

Ich erklärte Ralph mein Vorgehen. »Wenn C als erster und hier in diesem Raum und im Verlauf einer hitzigen Auseinandersetzung ermordet wurde, spricht dann nicht einiges dafür, daß sich der Mörder die erstbeste greifbare Waffe geschnappt hat? Und was wäre wohl im Arbeitszimmer eines wohlhabenden Hauses greifbarer als der Schürhaken am Kamin? Und erinnere dich an die Art der Verletzungen. Alle könnten von einem Schürhaken beigebracht worden sein, und wurden es wahrscheinlich auch.«

»Also Henry, glaubst du wirklich, daß auf dem Schürhaken die Fingerabdrücke des Mörders zu finden sind?«

»Natürlich nicht, Ralph. Ich gehe davon aus, daß wir überhaupt keine Fingerabdrücke finden. Was in sich schon verdächtig wäre, nicht wahr?«

Als der für die Fingerabdrücke zuständige Beamte mit seiner Arbeit fertig war, überbrachte er uns das Ergebnis. »Es sind überall Fingerabdrücke drauf, Henry, auch auf dem Schürhaken. Aber sie stammen alle vom Opfer.«

»Tja«, sagte ich unverzagt, »unser Mörder ist doch schlauer, als wir alle erwartet haben. Ihm war klar, daß die Polizei ganz routinemäßig nach Fingerabdrücken suchen würde, und er wußte, daß es nur Fragen auslösen und Verdacht erregen würde, wenn sich auf dem Schürhaken überhaupt keine entdecken ließen. Deshalb wusch er, von den Morden A und B zurückgekehrt, das Blut vom Schürhaken ab, versah diesen dann klug mit Fingerabdrücken von Opfer C und hängte ihn wieder an den Ständer. Gleichwohl bin ich überzeugt, Ralph, daß wir hier die Mordwaffe vor uns haben.«

Ich grübelte eine Weile. »Ralph, der Mörder muß erneut zuschlagen, und höchstwahrscheinlich tut er's heute nacht. Je eher er das Hauptaugenmerk von Mord C weglenken kann, desto besser für ihn. Und sein nächstes Opfer ist wahrscheinlich ein Dieb.«

Ralph schloß für ein paar Sekunden die Augen. »Und was hat dich bekehrt?«

»Weiteres Nachdenken und die Erkenntnis, daß er sicherlich mit angehört hat, wie du den Abzählvers erwähnt und deine Spekulationen bezüglich des nächsten Opfers vorgetragen hast. Ich glaube nicht, daß er der Versuchung wird widerstehen können. Er sagt sich zweifellos: Warum nicht einen Dieb zum nächsten Opfer machen? Was kann das schaden? Und dann immer so weiter, den Abzählvers durch. Sein einziges Problem ist, einen echten Dieb zu finden. Schließlich laufen die nicht mit einem Schildchen um den Hals herum. Deshalb müssen wir ihm einen Dieb liefern.«

»Und wie machen wir das, Henry?«

»Ich veranlasse, daß die Abendzeitung ein Artikelchen über einen gewissen Kenelm Digby, einen Handtaschenräuber und Taschendieb, bringt. Darin wird man berichten, daß Digby zwar erneut festgenommen werden konnte, sich im Augenblick jedoch gegen Kaution auf freiem Fuß befindet. Man wird seine Adresse nennen, und diese Adresse wird meine sein.«

Ralph seufzte. »Und du denkst, unser Mörder findet diese Meldung über Digby? Ach Henry, wir haben hier eine sehr umfangreiche Zeitung mit vielen, vielen Seiten.«

Ich war ihm natürlich einen Schritt voraus. »Ralph, unser Mörder kann natürlich gar nicht anders als nachzulesen, was die Zeitung über seine Morde schreibt. Ich werde also dafür sorgen, daß die Digby-Meldung in der Kolumne neben seiner Geschichte erscheint. Sein Auge wird unweigerlich ein wenig schweifen, und er wird ausrufen: Ah, was haben wir denn hier? Einen leibhaftigen Dieb?«

»Du rechnest also damit, daß unser Mörder heute abend vor deiner Wohnungstür auftaucht?«

Ich nickte. »Da wir unsere wesentlicheren Überlegungen außer Hörweite unserer Tatverdächtigen angestellt haben, Ralph, geht unser Mörder nach wie vor davon aus, daß er die Verbrechen als Mordserie verkaufen kann, auf die eine oder andere Art oder auf beide. Er ahnt ja nicht, daß ich ihm schon auf die Schliche gekommen bin.«

Wir kehrten zu unseren Tatverdächtigen zurück und setzten die Befragung fort, erfuhren aber nichts, was von Bedeutung gewesen wäre. Sie alle hatten den vergangenen Abend zu Hause verbracht, und jeder von ihnen hätte kurz in das Arbeitszimmer von Onkel Cornelius schlüpfen und ihn umbringen können.

Als wir das Anwesen der van Leuggens verlassen hatten, fuhr Ralph nach Hause, um ein Nickerchen zu machen, während ich meine Vorkehrungen traf.

Zu Beginn unserer Schicht um vier Uhr kamen wir im Präsidium wieder zusammen.

Ralph hatte einige Fragen. »Angenommen, dein Mörder kommt nicht zu deiner Wohnung? Angenommen, er zieht los und ermordet jemanden, mit dem du nicht gerechnet hast? Zum Beispiel einen Chiropraktiker, einen Diskotänzer?«

»Ich habe Vorsorge getroffen, Ralph. Die Sergeants Willard und Dorfmann sind vor der Einfahrt zum Grundstück der van Leuggens postiert worden, jeder mit einem eigenen Wagen. Damit sollten die Zwillinge abgedeckt sein, Ralph. Nimm zum Beispiel mal an, Roscoe verläßt das Haus, dies aber, um irgendeine völlig harmlose Fahrt zu machen. Wenn ich nur einen Wagen dort stehen hätte, könnte sich Sigmund nun frei bewegen und Verheerendes anstellen. Nein, Ralph, sollten heute abend beide Zwillinge das Haus verlassen und sich in entgegengesetzter Richtung bewegen, so wird man ihnen folgen, wohin sie auch fahren.«

Ralph lächelte. »Bist du sicher, daß zwei Autos genügen, Henry? Warum nicht drei?«

Ich räusperte mich. »Ich habe darüber vorurteilslos nachgedacht, Ralph, und bin zu dem Schluß gekommen, daß unser dritter Tatverdächtiger im Grunde genommen körperlich zu schwach ist, um unser Mörder zu sein.«

»Henry, heutzutage benutzen kleine, zerbrechliche Frauen beide Hände, um ihren Tennisschläger zu schwingen. Und wenn sie Rackets schwingen können, dann auch Schürhaken.«

»Aber Ralph, sie ist einfach nicht groß genug. Alle Opfer wurden oben auf dem Schädel getroffen. Das weist doch darauf hin, daß auf Seiten des Mörders eine gewisse Körpergröße gegeben sein muß, um so einen von oben geführten Schlag ausführen zu können.«

»Henry, keines der Opfer hat aufrecht dagestanden, als es getötet wurde.«

Ich rief mir kurz die Gegebenheiten ins Gedächtnis zurück. Wisniewski hatte eindeutig in einem Hauseingang gehockt, als er umgebracht worden war, und van Leuggen hatte, wie es schien, an seinem Schreibtisch gesessen.

»Ralph«, sagte ich, »bei genauerem Nachdenken wird mir klar, daß ich mich geirrt haben könnte, was meine Überlegungen bezüglich Leonardis anbetrifft. Es gibt da einfach zu viele unannehmbare Zufälligkeiten. Leonardi hatte *gerade* das Gefühl, gleich niesen zu müssen, und dies *zufällig*, als er an der Einmündung eines kleinen Gäßchens vorbeikam. Er zog *zufällig* mit seinem Taschentuch diesen Vierteldollar aus der Tasche und war *gerade* dabei, ihn aufzuheben, als er niedergeschlagen wurde.«

»In Ordnung, Henry, dann schmeißen wir doch mal das *zufällig* und das *gerade* raus. Aber Leonardi trinkt, und zwar in ›Casey's Tavern‹, wo es gemütlich und warm ist. Und er trinkt Bier, von dem viele Leute das Schwitzen kriegen. Als er dann geht, hat er immer noch ein wenig Schweiß auf der Stirn. In der kalten Luft draußen spürt er den Schweiß, und da er keinen Katarrh in der Stirn kriegen will, zieht er sein Taschentuch raus.«

»Hm«, sagte ich skeptisch, »und zieht dabei *zufällig* den Vierteldollar mit aus der Tasche?«

»Es hätte doch durchaus so gewesen sein können, Henry. Aber dann laß uns einfach mal annehmen, daß irgendwo in der dunklen Gasse unser kleines, auf Mord bedachtes Kerlchen lauert. Und dieses auf Mord bedachte Kerlchen wirft nun aus der Dunkelheit heraus einen Vierteldollar auf den Gehweg, um so zu erreichen, daß Leonardi sich bückt.«

Ich lachte fröhlich. »Aber Ralph, wenn man auf einem Bürgersteig entlanggeht und plötzlich fliegt einem aus der Fast-Dunkelheit eine Münze vor die Füße, dann würde man doch im Normalfall den Bogen der Flugbahn dieser Münze per Augenreflex in sich aufnehmen, nicht wahr? Und so würde die Aufmerksamkeit auf den Anfang des Bogens gelenkt. Man wäre dann mit Sicherheit auf der Hut, würde vielleicht sogar eine Verteidigungsstellung einnehmen und sich bestimmt nicht nach dem Vierteldollar bücken.«

»Aber mal angenommen, Henry, der Mörder hätte den Vierteldollar *hinter* Leonardi auf den Gehweg geworfen. So daß der diesen Bogen da nicht gesehen hätte. In diesem Falle hätte Leonardi das Klimpern der Münze gehört, sich umgedreht, den Vierteldollar gesehen und gemeint, ihn gerade zusammen mit dem Taschentuch aus seiner Tasche gezogen zu haben. Oder gedacht, er hätte ein Loch in der Tasche, durch das die Münze rausgerutscht wäre. Und deshalb hätte er sich gebückt, um sie aufzuheben.«

»Du hast wirklich eine blühende Phantasie, Ralph.«

Ralph strahlte. »Ein Lob aus dem Munde des Meisters!«

Er verzögerte unseren Start ins Präsidium dadurch, daß er zu Captain Parkington ging und ihn völlig unnötigerweise darum bat, sofort einen weiteren Wagen zur Überwachung des Hauses der van Leuggens abzustellen.

Als wir in meiner Wohnung ankamen, stellte ich den Fernseher an – gerade rechtzeitig, um noch im Bildungsprogramm eine Sendung über die Langlebigkeit der Menschen im Kaukasus mitzubekommen. Ein beflissen lächelnder Eingeborener versicherte uns, er sei 158 Jahre alt, was ganz zweifellos auf Joghurt, die Erbmasse und ein ereignisloses Leben zurückzuführen sei – und, wie man argwöhnte, auf eine ungenaue Erfassung von Daten.

»Also gut«, sagte Ralph, »du denkst, daß es einer der beiden Zwillinge war. Aber welcher?«

Ich lächelte. »Na, auf welchen würdest denn du tippen, Ralph?«

»Es muß Roscoe gewesen sein.«

»Warum?«

»Sigmund hat kein Motiv. Er ist doch enterbt worden.«

»Ralph, Ralph«, sagte ich tadelnd, »es gibt auch noch andere Motive als das Geld. Aber selbst wenn man mal davon ausgeht, daß es das Geld ist, dann hat Sigmund doch nur *scheinbar* kein Motiv. Er wird das Testament mit Sicherheit anfechten. Und sicherlich wird die Tatsache, daß sich Onkel Cornelius die Enterbung seiner rechtmäßigen Erben zum Hobby gemacht hatte, ein gutwilliges Gericht zu der Ansicht gelangen lassen, daß es nur Sigmunds Pech war, gerade einen Abschwung der Gunst erwischt zu haben, und daß sein Onkel nie wirklich die Absicht hatte, diese Enterbung zu einem Dauerzustand zu machen. Ich nehme an, daß Sigmund sein Drittel des Erbes erhalten wird, vor allem weil ich bezweifle, daß seine Geschwister auch nur im entferntesten daran denken, die Rechtmäßigkeit seines Erbanspruchs ernsthaft in Frage zu stellen.«

Ralph dachte kurz nach. »Vielleicht sind sie ja alle *drei* an den Morden beteiligt.«

»Nein, Ralph. Wenn dem so wäre, hätten sie mit Sicherheit dafür gesorgt, daß sie sich gegenseitig mit aufeinander abgestimmten Alibis aushelfen, statt zu diesem nicht ganz einfachen Geschäft Zuflucht zu nehmen.«

Ralph zuckte die Achseln. »Tja, wie feststellen, welcher Zwilling welcher ist, Henry? Vor allem, wenn sie heute abend andere Jacketts tragen. Nimm mal an, sie machen's ganz schlau und äußern sich vage, beschließen, sich gegenseitig dadurch zu decken, daß sie nicht mehr wissen, wer nun wer ist? Das könnte zur Folge haben, daß dir das Gericht den ganzen Fall vor die Füße schmeißt.«

Ich lachte heiter. »Darauf bin ich durchaus vorbereitet, Ralph. Für ein paar wenige Auserwählte von uns ist es eine altbekannte Tatsache, daß Menschen ihre Arme immer auf die gleiche Weise vor der Brust verschränken, das heißt den rechten Arm über den linken legen oder den linken über den rechten. Ich habe beobachtet, daß Roscoe den rechten Arm über den linken legt, während Sigmund es genau umgekehrt macht.«

Es war schon halb neun, als es an meiner Wohnungstür klingelte.

Ich öffnete.

Es war Ariadne van Leuggen.

»Aha!« sagte sie. »Ganz wie ich's mir gedacht habe. Es ist eine Falle!«

Gleichwohl kam sie herein und zog die Tür hinter sich zu. »Bin ich zu früh oder zu spät dran?«

»Ich würde mal sagen, gerade zur rechten Zeit«, meinte Ralph.

»Miss van Leuggen«, sagte ich ernst, »Sie haben zweifellos eine aufrichtige und plausible Erklärung dafür, daß Sie gerade in diesem Augenblick hier erscheinen?«

Natürlich hatte sie die. »Na ja, als Sie gegangen waren, habe ich im Telefonbuch mal Ihre Adresse nachgeschlagen. Wußten Sie, daß Sie der einzige Turnbuckle sind, den es im ganzen Stadtgebiet gibt?«

Ralph eilte zu meiner Verteidigung herbei. »Erwähnen Sie seinen Namen aber mal in Sheboygan!«

Sie fuhr fort: »Und Sie, Henry S. Turnbuckle, wohnen hier in der Nummer 777 der Cranberry Blossom Lane. Gut, wie dem auch sei, als ich heute abend die Zeitung aufschlug, las ich da drei langatmige Abschnitte über einen Handtaschenräuber, der sich gegen Kaution auf freiem Fuß befindet und der zufällig in der Nummer 777 der Cranberry Blossom Road wohnt. Und das stimmte mich irgendwie nachdenklich. Wie oft stößt man schließlich an ein und demselben Tag auf mehrere Leute, die alle in der Cranberry Blossom Road Nummer 777 wohnen? Deshalb mußte ich einfach mal herkommen und nachschauen, was hier eigentlich gespielt wird. Auf einem der Briefkastenschlitze unten steht in verdächtig frischer Schrift der Name Kenelm Digby zu lesen, einen Henry S. Turnbuckle findet man dort jedoch nicht. Dem mußte ich unbedingt mal nachgehen.«

Sie sah sich in meinem Wohnzimmer um. »Sind das alles Ihre Bücher?«

Ralph nickte für mich. »Er geht außerdem noch in die Leihbücherei und holt sich da eine Riesenmenge von Lesestoff. Henry ist der einzige Polizist, der in ein brennendes Haus zurückgelaufen ist, um dort noch seinen Büchereiausweis rauszuholen.«

Das war nun schon zehn Jahre her, aber die Erwähnung dieses Vorfalls läßt mich noch immer erröten. Wenn ich damals schon gewußt hätte, wie leicht es ist, einen neuen

Ausweis zu bekommen, hätte ich meine Augenbrauen bestimmt vor Schaden bewahrt.

Es klingelte erneut.

Ich lächelte triumphierend. »Sobald wir unseren neuen Besucher gebeten haben werden, seine Arme zu verschränken, werden wir wissen, wer unser Mörder ist.«

Ich öffnete die Tür.

Es war Winterset. Der Butler.

So ein Mist!

Da er aber nun schon mal da war und keine befriedigende Erklärung für seinen Besuch vorzubringen wußte, nahmen Ralph und ich ihn uns vor. Wir fanden den Schürhaken in seinem rechten Ärmel und einen Lippenstift in seiner linken Tasche. Angesichts seiner Lage und – möglicherweise – meines unnachsichtigen Blicks beschloß der Übeltäter, ein Geständnis abzulegen.

Fünfzehn Jahre lang hatte er die Haushaltskasse der van Leuggens bestohlen und war am Ende erwischt worden. Van Leuggen hatte ihn nicht nur gefeuert, sondern auch beschlossen, die Polizei einzuschalten.

Da war Winterset in Panik geraten, hatte den Schürhaken ergriffen und seinen Arbeitgeber getötet.

Wintersets erster Impuls war gewesen, die Flucht zu ergreifen. Doch fand er den Gedanken, ohne einen Pfennig Geld auf und davon zu gehen, abscheulich. Seine unrechtmäßig erworbenen Einkünfte hatte er nämlich in Haus- und Grundbesitz angelegt, und es würde schon ein bißchen Zeit brauchen, diese Besitztümer in mitnehmbares Bargeld zu verwandeln.

Er wußte natürlich, daß der Hauptverdacht auf die Erben von Cornelius van Leuggen fallen würde. Würden sich die Ermittlungen der Polizei aber einzig und allein auf sie konzentrieren? Höchstwahrscheinlich nicht. Schließlich werden genauso viele wohlhabende Leute von ihren Dienstboten umgebracht wie von ihren Erben.

Deshalb würde der Mord so aussehen müssen, als sei er von einem Eindringling begangen worden. Von einem ganz und gar Fremden. Aber auch diese Geschichte stand noch auf schwachen Beinen, solange...

Warum diesen Mord nicht einfach zum Teil einer ganzen Serie machen? Und warum den Mord an van Leuggen nicht genau im *Zentrum* dieser Serie begraben, wo man ihm am wenigsten Aufmerksamkeit schenken würde?

Er hatte also einen Lippenstift, den Ariadne auf dem Schreibtisch ihres Onkels liegengelassen hatte, an sich genommen, die Lampen im Arbeitszimmer ausgeknipst, um eine vorzeitige Entdeckung der Leiche zu verhindern, und war dann auf die Suche nach den Mordopfern A und B gegangen. Schließlich galt ja: Wenn schon, denn schon.

Wie ich so zutreffend gefolgert hatte, war Opfer B, also Leonardi, aus der Kneipe gekommen, hatte das Gefühl gehabt, gleich niesen zu müssen, und beim schnellen Herausziehen des Taschentuchs auch einen Vierteldollar aus der Tasche geholt. Er war gerade dabei gewesen, die Münze vom Boden aufzuheben, als Winterset zugeschlagen hatte.

Nachdem Winterset Opfer A und B ermordet hatte, war er in das Arbeitszimmer von Mr. van Leuggen zurückgekehrt, hatte sich vergewissert, daß die Leiche noch nicht entdeckt worden war, und hatte seinem Opfer dann den Buchstaben C auf die Stirn gemalt.

Beim Verlassen des Arbeitszimmers hatte Winterset das Licht ganz automatisch gelöscht. Und als Ralph dann diesen Punkt erwähnt hatte, war Winterset bewußt geworden, daß sich seine Fingerabdrücke auf den Lichtschaltern befanden, weshalb er sich schnell eine geeignete Erklärung dafür ausgedacht hatte.

Winterset hatte vorgehabt, noch mindestens drei weitere Morde zu begehen, damit der Mord an van Leuggen von den anderen fein säuberlich eingerahmt würde.

Als Ralph dann seine »Reicher Mann, armer Mann«-Abzählverstheorie entwickelt und seine Überlegung vorgetragen hatte, daß das nächste Opfer des Mörders ein Dieb sein müsse, hatte Winterset das in seinem Hinterkopf gespeichert. Und als er dann in der Abendzeitung einen Bericht über die Morde gelesen hatte, war ihm natürlich auch das Artikelchen über Kenelm Digby nicht entgangen, und er hatte bei sich gedacht: *Warum eigentlich nicht?*

Wir brachten Winterset zur Aufnahme seiner Personalien ins Präsidium, und als der Papierkram erledigt war, war auch Ariadne immer noch da, ganz versunken in die Bewunderung meiner Effizienz.

Ich nahm sie und Ralph mit in eine neue Bar und bestellte, was mich betraf, einen Sherry.

Der Barkeeper kratzte sich am Kopf, suchte alle Regale ab, öffnete dann eine Falltür im Boden und stieg in einen, wie ich annahm, Vorratskeller hinab.

»Ariadne«, sagte ich, »wenn bei einem Fall Zwillinge und ein Butler zusammenkommen, dann ist das ein bißchen viel auf einmal.«

Der Barkeeper wischte vor mir ein paar nasse Flecken vom Tresen.

Ich starrte ihn an. »Sind Sie nicht gerade eben erst in den Keller hinuntergestiegen?« Ich blickte auf die immer noch geöffnete Falltür. »Ich meine, sind Sie nicht eigentlich noch dort unten?«

Er lächelte. »Das ist mein Bruder Albert. Ich bin Bernie.«

Ich riß mich zusammen. »Zwillinge?«

»Drillinge. Der, der da drüben am Spülbecken die Gläser abwäscht, das ist unser Bruder Chester.«

Als Albert mit der Schraubverschlußflasche aus den Tiefen des Kellers zurückgekehrt war, bat ich ihn, mein Glas bis zum Rand vollzuschenken.

Die dreiundzwanzig braunen Papiertüten

Als wir das Auto des Opfers genauer untersuchten, fanden wir hinten auf dem Boden vor dem Rücksitz dreiundzwanzig kleine Papiertüten, die jeweils zwei Stück Seife enthielten. Dabeiliegende Kassenzettel ließen erkennen, daß sie in dreiundzwanzig verschiedenen Supermärkten gekauft worden waren.

»Tja, Ralph«, sagte ich glücklich, »was für einen Reim machst du dir darauf?«

»Noch gar keinen, Henry.«

Nach Auskunft der Brieftasche des Opfers handelte es sich bei diesem um James L. Flanagan, achtundfünfzig Jahre alt und Bewohner von Big Cedar Falls, einem kleinen Ort ungefähr hundert Kilometer nördlich unserer Stadt.

Flanagan war mit einem Schuß ins Herz getötet worden, als er vor dem Apartment Nr. 33 des ›Sunset Motel‹ in seinem Auto gesessen hatte. Seine Leiche war abends gegen Viertel nach neun von einem Paar gefunden worden, das gerade das Apartment Nr. 34 beziehen wollte. Wie es schien, hatte niemand den Mord beobachtet oder einen Schuß gehört.

Als Ralph und ich am Ort des Geschehens eintrafen, waren schon einige Streifenwagen dort, und man hatte angesichts der zusammenströmenden Schaulustigen den Tatort abgesperrt.

Außer Flanagan fanden wir mehr als vierhundert Dollar in Scheinen im Auto verstreut, alles nur Einer, Fünfer und

Zehner. Aus dem Mantel des Opfers förderten wir noch einmal fast zehn Dollar in Münzen zutage.

»Sieht ganz nach einem Überfall aus, der schiefgelaufen ist«, sagte Ralph. »Flanagan zog die Brieftasche raus, und entweder beschloß er, sich dem Räuber zu widersetzen, oder der Räuber dachte, Flanagan wolle dies tun, und drückte ab. Die Wucht des Schusses führte dazu, daß Flanagan die Geldscheine fallen ließ, und der Schütze beschloß, lieber nicht am Ort eines Mordes zu bleiben und Geldscheine von einer Leiche abzusammeln.«

»Und wie erklärst du dir die dreiundzwanzig Tüten mit Seife?«

»Gar nicht. Wieso nimmst du an, daß sie etwas mit dem Mord zu tun haben?«

»Ralph«, sagte ich dunkel, »sie sind das Herzstück der ganzen Geschichte.«

Wir hatten Flanagan den mit einem Anhänger versehenen Motel-Schlüssel aus der Tasche gezogen, öffneten nun die Tür zu Apartment 33 und traten ein. Es war ein typisches Motelzimmer mit der aus Doppelbett, Fernseher, etlichen Stühlen und zwei Nachttischen bestehenden Grundausstattung.

Ich sah mich im Zimmer um. In einer Kommode fand ich ein paar Anziehsachen: Unterwäsche, Hemden, Socken und Taschentücher. »Aha«, sagte ich.

»Aha was?«

»Flanagan hatte Hemden und ein paar andere Sachen dabei, aber ich bezweifle, daß er das alles in einer Papiertüte transportiert hat. Wo ist also sein Koffer? In seinem Auto war keiner, und hier im Zimmer ist er auch nicht. Das paßt alles zusammen.«

»Was paßt zusammen?«

»Der Mann, der Flanagan erschossen hat, hat auch seinen Koffer gestohlen. Nachdem er Flanagan getötet hatte, griff er eiskalt in den Wagen und holte sich Flanagans Koffer raus.«

»Warum wollte er denn aber Flanagans Koffer stehlen?«

»Weil da irgendeine sehr wertvolle Ware drin war. Und Flanagan behielt, da möchte ich wetten, den Koffer stets bei sich. Wo immer er auch hinging. Jetzt denk mal genau nach, Ralph: Warum kauft wohl ein Mann sechsundvierzig Stück Seife in dreiundzwanzig verschiedenen Läden?«

Ralph zuckte die Achseln. »Vielleicht hat er versucht, an Wechselgeld zu kommen.«

»Genau.«

Er sah mich an.

»Ralph, Flanagan wollte für die Zwanzigdollarscheine, mit denen er bezahlte, echtes Geld eintauschen. Mit anderen Worten, er kaufte sich zwei Stück Seife, bekam ungefähr neunzehn und einen halben Dollar heraus und zog dann in den nächsten Supermarkt weiter, um diesen Tauschhandel zu wiederholen.«

Ralph blickte gen Himmel. »Henry, was macht dich so sicher, daß es sich bei den gefälschten Scheinen um Zwanziger gehandelt hat? Warum können es nicht auch Fünfer, Zehner oder Hunderter gewesen sein?«

»Weil es angesichts der gegebenen Inflationsrate sinnlos geworden ist, noch Fünf- und Zehndollarscheine zu fälschen. Wenn schon Fälschung, dann kann man genausogut auch gleich Zwanziger produzieren. Schließlich braucht man zur Fälschung eines Zwanzigers nicht mehr Geschick oder Zeit als zur Fälschung eines Fünfers oder Zehners.«

Ralph war nur schwer zu überzeugen. »Wieso hätte er

dann nicht auch mit falschen Hundertern bezahlen können?«

»Schlicht und einfach, weil du nicht mit einem Hundertdollarschein in einen Supermarkt reinspazierst, um damit zwei Stück Seife zu bezahlen. Die Leute würden sich an dich erinnern, und das vielleicht nicht gerade freundlich. Aber wem an der Expreß-Kasse bleibt schon dein Gesicht oder dein Zwanzigdollarschein im Gedächtnis? Wahrscheinlich handelt es sich bei der Hälfte der dort entgegengenommenen Scheine um Zwanziger.«

Ralph seufzte. »Kann sein.«

»Ralph«, sagte ich, »wir haben es hier ganz ohne Zweifel mit einem Mord zu tun, der auf das Konto eines Syndikats geht.«

»Was für ein Syndikat?«

»Irgendeins. Hinter diesem Mord muß eins stecken.«

»Und wie bist du zu dieser Schlußfolgerung gelangt, Henry?«

»Das Fälschen von Geld gehört nicht zu den Dingen, die auch Mami und Papi in der Wohnküche machen können. Man braucht den Graveur, die Platten, das Papier, das Verteilersystem.« Ich nickte weise. »Ja, ich vermute, daß Flanagan versucht hat, das Syndikat auszutricksen. Deshalb wurde ein Auftrag vergeben, ein Killer angeheuert.«

»Auftrag? Killer?«

»Ralph, das ist Unterweltjargon und bedeutet ...«

»Ich weiß, ich weiß.«

Als wir das Motelzimmer wieder verließen, trat einer der für Fingerabdrücke zuständigen Experten auf uns zu. »Wir haben auf dem Rahmen des Seitenfensters von Flanagans Wagen einen Daumenabdruck gefunden, der nicht von Flanagan ist.«

Ralph sah mich an. »Hast du schon mal von einem bezahlten Killer gehört, der am Wagen seines Opfers einen Daumenabdruck hinterläßt?«

»Ralph«, sagte ich geduldig, »warum muß der Daumenabdruck denn unbedingt von unserem Killer stammen? Ich wette, der gehört dem Mann von der Tankstelle, bei der Flanagan das letzte Mal getankt hat.«

Wir begaben uns auf den Weg zum Büro des Motelmanagers.

»Ich glaube, Ralph, ich kann den ganzen Fall in einleuchtender Weise rekonstruieren. Flanagan arbeitete als Falschgeldverteiler für das Syndikat. Er fuhr regelmäßig von Stadt zu Stadt und gab die falschen Zwanzigdollarscheine aus, wobei er einen Teil der Einnahmen für sich behielt und dem Syndikat gab, was des Syndikats war. Dann wurde er jedoch habgierig.«

»Woher weißt du, daß er habgierig wurde?«

»Aber Ralph, es ist doch allgemein bekannt, daß immer, wenn jemand ein Syndikat reinzulegen versucht, Habsucht im Spiel ist. Er hat versucht, von den Einnahmen ein bißchen mehr für sich abzuzweigen. Und als Flanagan dann nach einem Tag der erfolgreichen Verteilung falscher Zwanziger sein Auto hier abstellte, erwartete ihn der Killer. Er befahl Flanagan, alle Zwanziger, die er möglicherweise noch in seiner Brieftasche stecken hatte, herauszuholen und ihm auszuhändigen.«

»Warum denn das?«

»Weil das letzte, woran dem Syndikat gelegen sein kann, ist, daß die Polizei bei Flanagan falsche Zwanziger findet und anfängt, zwei und zwei zusammenzuzählen. Nachdem der Killer dann mit Flanagan fertig war, griff er seelenruhig ins Auto und holte sich Flanagans Koffer raus. Zweifelsohne waren da bündelweise Zwanzigdollarscheine drin, die einzuwechseln Flanagan noch keine Gelegenheit gehabt hatte.«

»Hast du die Wunde gesehen, Henry? Sehr wenig Blut, und nicht mal ein Ausschuß am Rücken. Ich wette, der Coroner findet eine Kugel Kaliber .22. Hast du schon mal von einem Killer gehört, der eine 22er benutzt?«

Ich brauchte ein paar Schritte, um auf die einzig logische Erklärung zu kommen. »So wie sich ein erfahrener Angler etwas auf die Feinheit und Belastbarkeit seiner Angelschnur zugute hält, so ist unser Killer stolz auf die Kleinheit des Kalibers der von ihm benutzten Waffe. Ich würde mich überhaupt nicht wundern, wenn wir irgendwann dieser Tage eine Kugel Kaliber .190 in der Leiche eines Syndikatmannes fänden.«

Wir betraten das Büro des Motelmanagers.

Er war ein untersetzter Mann mit Glatze, der sich ganz offensichtlich in Erwartung unseres Besuches mit ein paar Drinks Mut angetrunken hatte.

»Was können Sie uns über James L. Flanagan erzählen?« fragte ich ihn.

Er sah uns verblüfft an. »Wer ist Flanagan?«

Ich lächelte. »Ah, natürlich! Flanagan hat sich unter falschem Namen eingetragen. Ich spreche von dem Toten.«

»Er hat sich heute morgen gegen zehn Uhr als Albert Johnson eingetragen, und ich hab ihm die Schlüssel ausgehändigt.«

Ich nickte. »Hat er regelmäßig hier Station gemacht? Also alle ein, zwei Monate für ein paar Tage hier gewohnt?«

Der Manager zuckte die Achseln. »Das weiß ich nicht. Ich bin erst seit zwei Wochen hier.«

Ich zog nachdenklich die Stirn in Falten.

Er wurde ausführlicher. »Aber ich arbeite schon seit fast zwanzig Jahren für das Syndikat.«

Es war, als erwache Ralph aus tiefem Schlaf. »Syndikat?«

Der Manager nickte. »Allied Properties. Denen gehören Hunderte von diesen Motels, überall im Land. Ich war lange Manager von einem in St. Paul, aber das Klima dort hat mich am Ende geschafft, und ich wurde versetzt.«

Ich nahm Ralph beiseite und senkte die Stimme. »Hast du gehört, was er gesagt hat? Er arbeitet für das Syndikat!«

»Aber Henry, das ist doch eine andere Art von Syndikat.«

Ich lachte still in mich hinein. »Das erinnert mich an Poes *Der entwendete Brief*.«

»Dich erinnert immer alles an den *Entwendeten Brief*.«

Ich nickte. »Ralph, wo läßt sich wohl ein Syndikat am besten verbergen? Natürlich in einem Syndikat. Wir haben soeben mit unserem Killer gesprochen. Er wurde, wie schlau, vom Syndikat einzig und allein hierher versetzt, damit er Flanagan liquidierte. Was wollen wir wetten, daß er in ein, zwei Monaten erneut versetzt wird? Verstehst du, Ralph, unser Killer führt die Polizei ganz cool an der Nase herum, indem er verkündet, er sei ein Mitglied des Syndikats, wobei er davon ausgeht, daß wir glauben, er meine Allied Properties.«

Ich trat wieder zum Manager und fragte listig: »Können Sie uns noch irgend etwas über den Mann sagen, der sich als Albert Johnson hier eingeschrieben hat?«

Er schüttelte den Kopf. »Nein, nichts. Außer, daß heute nachmittag eine Frau nach ihm gefragt hat.«

Ich runzelte die Stirn. »Eine Frau?«

»Sie erschien so gegen halb fünf und erkundigte sich nach Johnsons Zimmernummer. Ich hab sie ihr gesagt.«

»Und was hat sie dann gemacht?«

»Sie hat bei Nummer 33 nachgesehen und sich, wie ich annehme, ausgerechnet, daß er nicht da war, weil ja sein Auto nicht draußen davorstand. Jedenfalls hat sie sich wieder auf ihr Rad geschwungen und ist davongefahren.«

»Fahrrad?« fragte Ralph.

Ich unterbrach. »Können Sie uns diese Frau beschreiben?«

»Sie war ungefähr Mitte Zwanzig, nehme ich an. Schwarzes Haar. Blaue Augen. Durchschnittliche Größe. Trug eine Brille. Auf eine unauffällige Weise hübsch.«

»Hinterließ sie einen Namen?«

»Nein, sie fragte nur nach Johnsons Zimmernummer.«

Ich zog Ralph beiseite. »Ich habe mich geirrt.«

»Unmöglich!«

Ich nickte. »Doch, ich muß es zugeben. Ich hatte aber auch ein Puzzle vor mir, bei dem ein Stück nicht paßte.«

»Und welches Stück ist das, Henry?«

»Die Kugel des Kalibers .22.«

»Du hast doch aber gesagt...«

Ich hob eine Hand. »Ich habe mich geirrt, Ralph, und ich bin Manns genug, das zuzugeben. Verstehst du, Ralph, wir haben es nicht mit einem Killer zu tun, sondern mit einer *Killerin*. Oder mit einer Killerperson, wenn dir das lieber ist. Die 22er ist eine Waffe für Frauen. Unsere Killerperson hat in der Dunkelheit gewartet, bis Flanagan von seiner Tagesarbeit heimkehrte. Sie erschoß ihn, schnappte sich seinen Koffer, schwang sich auf ihr Fahrrad und radelte gekonnt davon.«

Ralph ging zum Manager zurück. »Hätten Sie wohl mal ein Aspirin?«

Als Ralph und ich wieder im Präsidium waren, telefonierten wir als erstes mit dem Polizeichef von Big Cedar Falls. Wir erfuhren von ihm, daß Flanagan nicht nur ein in hohem Ansehen stehendes Mitglied dieser Gemeinde, sondern auch deren Bürgermeister und außerdem noch Führer des Pfadfinderzuges 147 war. Er hatte bei seinem Tod eine Frau, aber keine Kinder hinterlassen.

Am folgenden Nachmittag, als Ralph und ich uns zu unserer Spätschicht meldeten, hielt Captain Masterson weitere Informationen für uns bereit.

»Alle zwei Monate kriegen wir einen Haufen gefälschter Zwanziger, die hier in Umlauf gebracht werden. Alle von ein und derselben Platte, und diese Platte stammt von Jerry Stockton, einem der besten Graveure, die es je in diesem Lande gegeben hat.«

Ich nickte. »Und niemand weiß, wo sich Stockton aufhält?«

»Das wissen wir sehr wohl. Nämlich in seinem Grab. Er ist vor etwa fünfzehn Jahren in einem Staatskittchen verschieden.« Masterson lehnte sich in seinem Drehstuhl zurück. »Stockton saß eine Freiheitsstrafe ab, weil er Zehndollarscheine gefälscht hatte, als Zehndollarscheine noch einen Wert besaßen. Nach seiner Entlassung bekam er einen guten Job bei einer ordentlichen Gravieranstalt, aber nach einem Jahr verschwand er ganz plötzlich. Seine Strafe war nur bedingt ausgesetzt worden, das heißt, er unterlag noch der Meldepflicht, weshalb sich die Regierung natürlich für die Sache interessierte und auch argwöhnisch war. Entweder hatte er schon neue Platten hergestellt, oder er war gerade dabei.

Und wie erwartet erschienen wenig später gefälschte Zwanziger in und um Portland in Oregon. Die Fachleute erkannten sie als Stocktons Werk – sie haben mir mal erklärt, daß jeder Graveur seinen ganz eigenen Stil hat –, und so nahmen sich die Ermittler der Finanzbehörde die Gegend vor und ließen ihn ein paar Monate später hochgehen. Sie fanden auch die Platten und rund drei Millionen in falschen Zwanzigdollarscheinen.«

»Ah«, sagte ich, »aber es gab offensichtlich noch weitaus mehr falsche Scheine, als alle angenommen hatten.«

»Offensichtlich. Fünf Jahre nach Stocktons Festnahme tauchten welche im Mittleren Westen auf. Und das geschieht nun seit bereits fünfundzwanzig Jahren in regelmäßigen Abständen.«

Ralph hatte eine Frage. »Wie ist es möglich, daß man Stockton innerhalb weniger Monate fassen, den hiesigen Verteiler aber in fünfundzwanzig Jahren nicht enttarnen konnte?«

»Weil den Ermittlungsbeamten der Finanzbehörde bekannt war, nach wem sie suchen mußten. Sie fuhren mit einem großen Stapel Stockton-Porträts hin und verteilten sie in der ganzen Gegend. Es war dann nur noch eine Frage der Zeit, bis Stockton erkannt wurde und sie an ihn rankamen. Hier ist das jedoch was anderes. Wir wissen nicht, wer der Verteiler ist oder ob es mehrere sind ... und wie sie aussehen.«

»Captain«, sagte ich, »ich hätte gern die Genehmigung für eine Fahrt nach Big Cedar Falls. Ich würde mich gern mal mit der Witwe von James L. Flanagan unterhalten.«

»Also Henry«, erwiderte Masterson, »Sie haben da ja eine nette und interessante Theorie, aber praktisch haben wir gar nichts in der Hand, um eine Verbindung zwischen Flanagan und den gefälschten Zwanzigern nachweisen zu können. Nicht einen einzigen Schein.« Dann seufzte er. »Sie müssen im übrigen auch gar nicht ganz rauf bis nach

Big Cedar Falls. Flanagans Witwe ist nämlich heute hergekommen und wartet darauf, daß der Coroner die Leiche für die Überführung freigibt.« Er reichte mir einen Zettel. »Da ist die Adresse, unter der sie während ihres Aufenthaltes hier in der Stadt zu erreichen ist. Aber seien Sie vorsichtig, Henry. Flanagan war Bürgermeister von Big Cedar Falls und Pfadfinderführer. Ich persönlich glaube, daß er nichts mit der Verbreitung des Falschgeldes zu tun hatte.«

Ralph und ich fuhren zu der angegebenen Adresse, 414 East Cumberland. Das war ein dreistöckiges Wohnhaus ungefähr einen Kilometer von dem Motel entfernt, vor dem Flanagan umgebracht worden war.

Ich besah mir die Briefkästen im Eingang des Hauses. Auf dem von Nummer 306 stand nur ein Wort – Flanagan.

Ich rieb mir das Kinn.

»Da ist eine Sache, die mir zu schaffen macht, Henry«, sagte Ralph. »Wenn Flanagan gefälschte Zwanziger in Umlauf gebracht hat, warum hat er dann immer bloß Seife gekauft? Warum nicht in einem Laden Zigaretten, in einem anderen Kugelschreiber und so weiter?«

»Wahrscheinlich hat er vor fünfundzwanzig Jahren als Neuling im Geschäft genau das gemacht, Ralph. Bald fand er jedoch heraus, daß es ziemlich ermüdend werden würde, fünfundzwanzig Entscheidungen oder mehr pro Tag treffen zu müssen, und das mehrere Tage hintereinander. Deshalb beschloß er, sich bei jeder Fahrt auf nur einen einzigen Artikel zu beschränken. Gestern war es die Seife, heute wäre es vielleicht, hätte er noch gelebt, Thunfisch in Dosen gewesen.«

In der 3. Etage klopfte ich an die Tür von Nummer 306.

Sie wurde von einer gefaßten, sanft blickenden und so auf die Fünfzig zugehenden Frau geöffnet.

»Mrs. Flanagan?« fragte ich.

»Ja.«

Ralph und ich wiesen uns aus. »Es tut uns leid, daß wir Sie zu einem solchen Zeitpunkt behelligen müssen«, sagte ich. »Wir würden Ihnen jedoch gern ein paar Fragen über Ihren Mann stellen.«

Sie bat uns herein. Die Wohnung erwies sich als ziemlich klein und vollgestellt mit überquellenden Bücherregalen.

»Mrs. Flanagan«, sagte ich, »Sie und Ihr Mann stammen aus Big Cedar Falls?«

»Ja und nein. Ich bin dort geboren, Jimmy aber nicht. Er stammt aus Oregon. Ich nehme jedoch an, er mochte Oregon nicht besonders, denn er hat so gut wie nie darüber gesprochen.«

»Ihr Mann war der Bürgermeister von Big Cedar Falls?«

Sie nickte.

»Was bringt dieser Job ein?«

»Siebenhundert Dollar im Jahr. Es ist ja eher ein Teilzeitjob, außer am 4. Juli, wo der Bürgermeister eine Rede halten und das Feuerwerk überwachen muß.«

Ich räusperte mich. »Dann war die Tätigkeit als Bürgermeister also nicht die, mit der Ihr Mann seinen Lebensunterhalt verdient hat?«

»Nein, er war Reisevertreter. Industrieversicherungen. Und er muß ein sehr guter gewesen sein, denn er brauchte nicht viel rumzufahren, um ein recht ordentliches Einkommen zu erzielen. Er war jeden Monat immer nur ein paar Tage unterwegs.«

»Haben Sie je die Broschüren, Heftchen oder sonstigen Materialien, die ein Verkäufer von Industrieversicherungen so bei sich hat, zu Gesicht bekommen?«

»Ich muß gestehen, nein. Die Wahrheit ist, daß ich mich

für die Welt der Geschäfte nicht sonderlich interessiere. Ich weiß, ich sollte deshalb wohl ein schlechtes Gewissen haben, aber ich bin nur Hausfrau und Gärtnerin und Mitglied in allen Ortsvereinen. In diesem Jahr zum Beispiel sind wir mit einigem Erfolg gegen den Vandalismus im Stadtpark vorgegangen.«

Von der Tür her war ein kurzes Klopfen zu hören.

»Das wird Deirdre sein«, sagte Mrs. Flanagan. »Dies ist ihre Wohnung.«

Sie öffnete die Tür, und ich ertappte mich dabei, wie ich ein Mädchen mit einer Tüte Lebensmittel im Arm anstarrte. Sie war etwa Mitte Zwanzig. Schwarzes Haar. Blaue Augen. Durchschnittliche Größe. Und auf unauffällige Weise hübsch.

Hmmm, dachte ich.

Mrs. Flanagan stellte uns vor. »Deirdre ist meine Nichte, die Tochter meines Bruders. Als sie zehn Jahre alt war, sind mein Bruder und seine Frau bei einem Autounfall ums Leben gekommen, und wir nahmen Deirdre zu uns. Deirdre ist Assistentin an der hiesigen Universität und arbeitet an ihrer Dissertation. Sie schreibt über Anagramme, Kreuzworträtsel sowie andere Spiele mit Wörtern und ihre Wirkung auf das Ego.«

Deirdre betrachtete mich argwöhnisch.

Ich lächelte. »Lage?«

»Egal«, sagte sie.

»Echsen-Exile?«

»Terrarien.«

Ich nickte anerkennend. »Das ist natürlich noch leicht. Aber wissen Sie ein Wort mit fünf Buchstaben für das Schienbein des Ureinwohners von Neuguinea?«

In der kleinen Küche klingelte das Telefon, und Deirdre

ging ran. Sie drehte sich zu uns um. »Es ist ein Captain Masterson. Er möchte gern einen von Ihnen beiden haben.«

Ralph ging zum Telefon.

Mrs. Flanagan hatte mich aufmerksam gemustert. »Sie sind also Polizist? Jimmy ist ja auch mal einer gewesen. Er war bei der Staatspolizei von Oregon. Er hat nie darüber gesprochen, außer vor Jahren mal an einem Abend, als er bei einem Kiwani-Picknick zuviel Bier getrunken hatte und gesprächig wurde. Aber danach ist er nie wieder darauf zu sprechen gekommen.«

Ich wandte mich an Deirdre. »Besitzen Sie ein Fahrrad?«

»Ja. Zehngang.«

»Hat Ihr Onkel, wenn er in die Stadt kam, immer im ›Sunset Motel‹ gewohnt?«

»Ja. Meine Wohnung ist zu vollgestopft, und deshalb zog er es vor, die Nacht dort zu verbringen.«

Mrs. Flanagan nickte. »Ich gehe heute nacht auch in ein Hotel. Deirdre hat nur ein Schlafzimmer. Sie hat zwar angeboten, auf der Couch zu schlafen, aber das kommt gar nicht in Frage.«

Ich fragte Deirdre: »Waren Sie gestern nachmittag so gegen halb fünf beim ›Sunset Motel‹?«

»Ja. Ich kam zufällig dort vorbei und dachte mir, ich könnte kurz bei ihm reinschauen, wenn er da wäre. Aber ich sah dann, daß sein Auto nicht dort stand, und da bin ich wieder gegangen.«

»Sind Sie später am Abend noch einmal zum Motel gefahren?«

Ihre Augen flackerten mißtrauisch. »Nein.«

Ralph kam vom Telefon zurück. »Also, sie haben ihn.«

Ich runzelte die Stirn. »Sie haben wen?«

Ralph sagte zu Mrs. Flanagan: »Den Jungen, der Ihren

Mann erschossen hat. Ein Sechzehnjähriger, der hier in der Gegend wohnt. Er kriegte eine 22er in die Finger und beschloß, es mal mit einem Überfall beim Motel zu versuchen. Er hat dann gedacht, Ihr Mann wolle auf ihn los, und geschossen. Daraufhin ist er in Panik geraten und abgehauen.«

»Aber Ralph«, sagte ich, »da muß ein Irrtum vorliegen.«

»Irrtum ausgeschlossen. Sein Daumenabdruck paßt zu dem auf dem Türrahmen von Flanagans Wagen. So wurde der Junge ausfindig gemacht. Er hat nämlich ein Vorstrafenregister, und sie haben seine Fingerabdrücke in den Akten. Sie machen gerade den ballistischen Test mit der Pistole. Und er hat ein Geständnis abgelegt.«

»Haben sie den Koffer gefunden?« fragte ich.

»Nein, Henry. Einen Koffer haben sie nicht gefunden.«

Ich wandte mich an Mrs. Flanagan. »Als Ihr Mann von zu Hause fortgefahren ist, da hat er doch einen Koffer dabei gehabt, nicht wahr?«

Sie dachte über die Frage nach. »Ich kann mich nicht genau erinnern. Jimmy war kein großer Kofferpacker. Ich habe auch erlebt, daß er einfach ein bißchen frische Unterwäsche in eine Papiertüte geworfen hat, und das war dann schon alles.«

Als Ralph und ich wieder unten vor dem Haus bei unserem Dienstwagen angekommen waren, sagte ich: »Ach, Ralph, ich habe mein Notizbuch oben liegenlassen. Ich bin gleich zurück.«

Ich klopfte erneut an der Tür von Nr. 306. Deirdre öffnete mir und sagte: »Oh?«

Ich winkte sie in den Flur heraus, schloß die Wohnungstür und führte sie bis ans Ende des Korridors.

»Lassen Sie mich Ihnen eine Geschichte erzählen«, sagte

ich. »Es war einmal in Oregon ein junger Staatspolizist, der irgendwo in der Nähe von Portland stationiert war. Eines Tages nahm er an einer Razzia auf einer Farm teil, bei der ein Jerry Stockton, ein wahrer Meisterfälscher, festgenommen wurde und bei der der Polizei Falschgeld im Wert von drei Millionen Dollar sowie die entsprechenden Druckplatten in die Hände fielen. Damals glaubten die Behörden, das ganze gedruckte Falschgeld beschlagnahmt zu haben. Aber sie irrten sich.

Der junge Staatspolizist war bei der Aktion irgendwie über ein Versteck gestolpert, in dem noch weitere gefälschte Geldscheine lagen. Aber er gab sie nicht ab, sondern behielt das Geheimnis für sich. Er wartete fünf Jahre und quittierte dann den Dienst. Er durchquerte das halbe Land und baute sich eine neue Existenz auf. Er ließ sich in einem kleinen Städtchen namens Big Cedar Falls nieder. Er heiratete. Er hatte keine eigenen Kinder, aber immerhin eine Nichte. Er wurde Bürgermeister des Ortes. Jeden Monat aber fuhr er für ein paar Tage weg. In diese Stadt hier. Vielleicht auch noch in andere. Und da brachte er die gefälschten Zwanzigdollarscheine in Umlauf.«

Sie lächelte mich bewundernd an. »Sie haben eine blühende Phantasie.«

Ich pflichtete ihr bei. »Und er tat dies alles ohne Wissen seiner Frau.«

»Ohne ihr Wissen?«

»Ja. Denn wenn es ihr bekannt gewesen wäre, hätte sie uns, glaube ich, wohl kaum so unbeschwert und offen Auskunft über ihren Mann erteilt.« Ich sah Deirdre streng an. »Aber seiner Nichte war sein ruchloses Tun nicht unbekannt.«

»Wie kommen Sie darauf?«

»Ich gehe davon aus, daß seine Nichte über weit mehr

Neugier verfügt als ihre Tante. Und ich denke mir, daß sie sich schon früh die Frage stellte, ob ihr Onkel tatsächlich ein Verkäufer von Industrieversicherungen sei. Warum war er fast immer zu Hause? Wahrscheinlich schnüffelte sie dann herum, spionierte ihm nach – und eins fügte sich zum anderen, bis der Punkt erreicht war, wo er ihr alles offenbarte.«

»Wieso glauben Sie, daß er ihr alles erzählt hat?«

»Weil sie gestern nachmittag um halb fünf im ›Sunset Motel‹ erschien und sich erkundigte, in welchem Zimmer ihr Onkel wohnte.«

Die Erinnerung trübte ihren Blick. »Ich kann nicht sehen, was das beweisen soll.«

Ich lächelte. »Als sie nach der Zimmernummer ihres Onkels fragte, fragte sie nicht nach der Zimmernummer von *James Flanagan*, sondern nach der von *Albert Johnson*.«

»Oh«, sagte sie.

Ich nickte. »Mit anderen Worten, sie wußte, daß sich ihr Onkel dort unter einem falschen Namen eingetragen hatte. Und wenn sie das wußte, ist es dann allzu kühn anzunehmen, daß sie auch wußte, *warum* er einen falschen Namen benutzte?«

Ich schwieg und fügte dann tadelnd hinzu: »Warum hat sie ihren Onkel nicht angezeigt, als sie erstmals erfuhr, daß er gefälschtes Geld in Umlauf brachte?«

»Also, ich bitte Sie! Wenn Sie einen Onkel hätten, der Sie nach dem Tode Ihrer Eltern bei sich aufnahm. Der Sie ernährte und kleidete und der dafür sorgte, daß Ihnen eine gute Erziehung zuteil wurde – also, würden *Sie* den anzeigen? Das ist doch nicht dasselbe wie Mord.«

Dann lächelte sie. »Sie gibt damit aber nichts zu. Wie ich gehört habe, wurden bei diesem Onkel vierhundert Dollar in Scheinen gefunden. Ich wette, daß da nicht ein falscher Zwanziger dabei war.«

»Stimmt. Aber mir ist jetzt klar, daß der Onkel gerade seine Tagesration an falschen Zwanzigern eingewechselt hatte, weshalb es natürlich nicht sehr wahrscheinlich ist, daß er noch welche in der Brieftasche hatte. Er muß jedoch irgendwo noch mehr davon parat gehabt haben. Ich bezweifle, daß er ganz bis hier runter gefahren ist, um nur einen einzigen Tag dem Einwechseln von Zwanzigern zu widmen. Und diese weiteren Zwanziger, die sind verschwunden.«

»Meinen Sie wirklich?«

Das tat ich. »Ich glaube, daß diese Nichte später am Abend zum Motel zurückgekehrt ist, um ihren Onkel zu besuchen, und dann seine Leiche fand. Sie wußte, daß er noch mehr falsche Zwanziger dabei hatte, und ihr war klar, daß sich die Polizei, wenn sie diese Geldscheine fände, ein Bild von seinen Aktivitäten machen könnte und alles aufdecken würde. Das aber würde Schande und Verderben über ihre geliebte Tante bringen, die in einer kleinen Stadt wohnt und dort auch gern wohnen bleiben möchte. Oder war die Nichte gar die Komplizin ihres Onkels?«

»Mehr so etwas wie eine Nutznießerin, würde ich mal annehmen. Bis sie in der Lage sein würde, sich ihren Lebensunterhalt selbst zu verdienen.«

Ich nickte. »Also nahm sie die falschen Zwanziger an sich, die er noch bei sich hatte – sie befanden sich höchstwahrscheinlich irgendwo im Auto –, und radelte davon. Mal angenommen, ich bekäme einen Durchsuchungsbefehl für ihre Wohnung, was dann?«

»Sie würden all diese Mühen und die Zeit aufwenden,

nur um mit einer gewissen Wahrscheinlichkeit eine leere Aktentasche zu finden?«

Ich zuckte zusammen. Aber natürlich! Eine *Aktentasche*. »Dieser Onkel brachte ja wahrscheinlich nicht seinen gesamten Vorrat an falschen Zwanzigern mit hier runter. Würde diese Nichte wohl wissen, wo sich der Rest befindet?«

»Vielleicht.«

»Und könnte diese Nichte bereit sein, vorbehaltlos mit der Polizei zusammenzuarbeiten und alles zu sagen, was sie weiß?«

»Nein, denn damit würde sie doch gegen ihre Interessen handeln, oder nicht?«

»Na schön«, sagte ich steif, »da ich keinerlei konkrete Beweise habe, sehe ich mich genötigt, die Sache auf sich beruhen zu lassen.« Ich drohte mit dem Finger. »Ich muß die Nichte jedoch warnen. Ich werde ein wachsames Auge auf den Falschgeldmarkt haben. Sollten weitere falsche Zwanziger auftauchen, würde ich die Sache mit schonungsloser Härte verfolgen.«

»Ja, Sir«, sagte sie.

Als ich zu Ralph in den Wagen stieg, fragte er: »Warum hat das denn so lange gedauert?«

»Wir sind ein bißchen ins Plaudern gekommen.«

Er fuhr los. »Also, Henry, es gibt kein Syndikat, und Flanagan hatte nichts mit der Verbreitung falscher Zwanziger zu tun. Aber ich kann mir immer noch nicht erklären, warum er diese dreiundzwanzig Papiertüten mit Seife hinten im Auto liegen hatte.«

Ich lachte ihn an. »Ralph, du übersiehst wie immer das Offensichtliche. Die Seife war überhaupt nicht von Belang. Von Belang waren nur die Kassenzettel.«

»Die Kassenzettel?«

»Du hast gänzlich vergessen, daß Flanagan ja ein Pfadfinderführer war, der für seine Jungs tat, was er nur konnte. Ich habe von Mrs. Flanagan erfahren, daß einer seiner Schutzbefohlenen, Baldwin Brettschneider, ein treuer Bursche, Kassenzettel sammelt wie andere Leute Briefmarken, Münzen oder Streichholzbriefchen sammeln. Flanagan hatte ihm versprochen, bei seinem Aufenthalt hier unten so viele Kassenzettel für ihn aufzuheben wie nur möglich. Baldwin besitzt eine ziemlich umfängliche Sammlung und hat vor, sie bei der nächsten Landwirtschaftsmesse des Kreises in der Abteilung für Steckenpferde auszustellen.«

Ralph fuhr eine Weile schweigend. Dann sagte er: »Henry, ich konnte dir bis ›ein treuer Bursche‹ folgen, aber dann hab ich den Faden verloren. Was versuchst du da zu vertuschen?«

»Das werde ich dir irgendwann einmal erzählen, Ralph. Aber nicht in diesem Jahr.«

Bei Schichtende setzte mich Ralph vor meiner Wohnung ab. Ich machte mir gerade in meiner Kochnische ein Mitternachtssandwich, als das Telefon klingelte.

»Turnbuckle?« fragte Deirdre. »Sergeant Henry Turnbuckle?«

»Der einzige im Telefonbuch«, sagte ich stolz.

Es folgte ein kurzes Schweigen. »Also gut, Henry, wie zum Teufel lautet nun das Wort mit fünf Buchstaben für das Schienbein eines neuguineischen Ureinwohners?«

»Das will mir im Augenblick partout nicht einfallen. Ich könnte es aber nachschlagen. Verfügen Sie in Ihrer Wohnung über irgendwelche Lexika?«

»Jede Menge.«

»Gut, ich bin in einer halben Stunde bei Ihnen.«

Ich zog mir meine orangefarbene Windjacke mit Kapuze an. Unten vor dem Haus überprüfte ich die Beleuchtung meines Fahrrades. Dann kettete ich es los und radelte zu Deirdres Wohnung.

Deutlich verschachtelt

Als Ralph und ich auf der Bildfläche erschienen, drängten sich Polizeibeamte, Techniker, Mediziner und Fotografen um die am Boden liegende Leiche.

Ralph steckte zwei Finger in den Mund und pfiff.

Verdammt, dachte ich, das habe ich nie geschafft!

Es trat eine Art Stille ein, in die hinein sich ein kleiner, vielleicht etwas über fünfzig Jahre alter Mann zu Wort meldete. »Ich bin unschuldig. Man hat mich reingelegt.«

Ich sah ihn streng an. »Sie werden später noch Gelegenheit bekommen, sich zu äußern.«

»Warum nicht jetzt gleich?«

Ich gestand ihm den Punkt zu. »Also gut, wer sind Sie?«

»Der Mörder.« Er korrigierte sich schnell. »Ich meine, alle *glauben*, ich hätte meine Frau Hermione umgebracht, aber ich war's nicht. Ich heiße Eustis Crawford.«

Ralph und ich nahmen Mr. Crawford mit in den angrenzenden Raum, wo wir einen großen, hageren Mann mit einem Hörgerät und eine schwarzhaarige, zwischen dreißig und vierzig Jahre alte Frau vorfanden, die beide dort warteten.

Der große, hagere Mann übernahm die Vorstellung. »Ich bin Oglethorpe Wesson. Und das ist meine Schwester Genevieve.« Er sah Eustis Crawford kalt an. »Eustis hat seine Frau umgebracht, die unsere Tante ist ... oder besser war. Er und Hermione waren allein im Schlafzimmer, als sie starb. Fenster und Türen waren von innen verriegelt. Als es

Genevieve und mir endlich gelang, dort hineinzukommen, fanden wir Hermione tot auf dem Fußboden liegen, und Eustis lag bewußtlos neben ihr, einen Revolver in der Hand. Er war offensichtlich in Ohnmacht gefallen, nachdem er sie ermordet hatte.«

»Ich bin nicht in Ohnmacht gefallen«, sagte Eustis Crawford steif. »Ich bin ganz bestimmt nicht in Ohnmacht gefallen!«

Oglethorpe schnaubte verächtlich. »Du wirst doch immer ohnmächtig, Eustis. Vorige Woche bist du im Garten ohnmächtig umgefallen, weil du dachtest, eine Biene hätte dich gestochen. Und dann gestern, als du dir den Finger in der Tür der Hausbar eingeklemmt hast. Du fällst in Ohnmacht, sobald du irgendwie unter Streß stehst, und ich möchte behaupten, daß so ein Mord schon ein Schock für das Nervensystem ist, selbst für das des Mörders.«

Eustis blickte nachdenklich drein. »Das letzte, woran ich mich erinnern kann, ist, daß ich im Bett saß und mir ein Tonband anhörte. Und dann fand ich mich aus irgendeinem Grunde neben Hermione auf dem Fußboden wieder, und Oglethorpe rüttelte mich wach.« Er unterdrückte ein Gähnen. »Höchstwahrscheinlich bin ich eingenickt und schlicht aus dem Bett gefallen.«

»Unsinn«, sagte Oglethorpe. »Wenn du aus dem Bett gefallen wärst, dann hätte dich mit Sicherheit der Aufprall auf den Boden geweckt. Und überdies lagst du mindestens drei Meter weit vom Bett entfernt, als ich dich fand. Sieh's doch ein, Eustis, du hast Hermione erschossen und bist dann in Ohnmacht gefallen.«

Ich wandte mich an Genevieve. »Haben Sie den Schuß gehört?«

Sie nickte. »Wir standen ja gerade vor der Tür zum

Schlafzimmer der beiden. Oglethorpe und ich hatten uns noch die Zehn-Uhr-Nachrichten im Fernsehen angeschaut und waren just auf dem Flur, wollten gerade in unsere Zimmer gehen, als wir den Schuß hörten. Wir klopften an die Tür und fragten, ob alles in Ordnung sei, erhielten aber keine Antwort. Wir drehten am Türknauf, aber die Tür war verschlossen.«

»Und wie sind Sie reingekommen?«

Oglethorpe faßte kurz nach seinem Hörgerät. »Wir sind durch mein Schlafzimmer auf den Balkon rausgegangen und zu ihrer Balkontür, aber auch die war von innen verschlossen.«

Genevieve bestätigte dies. »Oglethorpe mußte am Ende einen der Balkonstühle nehmen, um damit eine Scheibe der Balkontür zu zerschlagen. Dann griff er hinein und schloß die Tür auf.«

»Sind Sie sicher, daß *alle* Balkontüren von innen abgeschlossen waren?«

»Ganz sicher«, sagte Genevieve. »Und auch die auf den Flur hinausgehende Tür war von innen abgeschlossen worden.«

Ich nickte nachdenklich. »Sie und Ihr Bruder haben den Abend vor dem Fernseher verbracht?«

»Nein«, sagte Oglethorpe. »Um ehrlich zu sein, ich mache mir nichts aus Fernsehen, die Nachrichtensendungen ausgenommen. Ich war den größten Teil des Abends unten in meiner Werkstatt und habe Tischbeine gedreht.«

Ich wandte mich an Eustis. »Haben Sie sich mit Ihrer Frau gestritten?«

Er legte seine rechte Hand aufs Herz. »Wir waren seit beinahe acht Monaten glücklich verheiratet. Wir haben nie auch nur ein hartes Wort gewechselt.«

Genevieve pflichtete dem zögernd bei. »Wenn ich's recht bedenke, hat sich Eustis wirklich *nie* mit Hermione gezankt. Ich denke, das ist ein bißchen unnatürlich.«

»Wenn wir mal Streit als Mordmotiv ausschließen«, sagte ich, »gibt es dann irgendeinen anderen Grund, warum Mr. Crawford den Wunsch gehabt haben sollte, seine Frau zu ermorden?«

Oglethorpe fummelte an seiner Hörhilfe herum. »Wegen ihres Geldes natürlich. Hermione war ziemlich wohlhabend, an bürgerlichen Maßstäben gemessen, und sie hat Eustis immer nur ein äußerst knapp bemessenes Taschengeld zugeteilt.«

Ich zog Ralph beiseite. »Tja, Ralph, da haben wir eins.«

»Da haben wir ein was?«

»Das Rätsel eines Mordes in einem geschlossenen Raum.«

»An der Sache ist doch nichts Rätselhaftes dran. Eustis hat seine Frau erschossen. Er ist der einzige, der es getan haben kann. Das Zimmer war doch von innen zugeschlossen.«

»Genau«, sagte ich. »Aber, Ralph, wenn Eustis seine Frau hätte ermorden wollen ... vor allem um des Geldes willen ... hätte er sich dann wohl selbst mit ihrer Leiche im gleichen Zimmer eingeschlossen?«

»Na schön, vielleicht war's nicht das Geld. Sie hatten ihre erste eheliche Kabbelei, er geriet in Wut und erschoß sie. Dann fiel er in Ohnmacht.«

»Ralph«, sagte ich, »dies ist ein ziemlich großes Haus, das viele Zimmer hat. Erscheint es dir nicht als seltsamer Zufall, daß Oglethorpe und Genevieve genau in *dem* Augenblick vor der Schlafzimmertür waren, als der Schuß abgefeuert wurde?«

Wir zogen Genevieve Wesson in eine entlegene Ecke des Raumes. »Sie sagen, Ihre Tante sei nicht gerade arm gewesen?« fragte ich sie.

»Durchaus nicht.«

»Und Eustis?«

»Der hatte im Grunde genommen gar nichts. Eustis war Kassenwart beim Performing Arts Center. Hermione gehörte dem Förderkreis an und lernte Eustis kennen, als sie ihn mal wegen der finanziellen Aufwendungen für ein Gastspiel des bulgarischen Staatsballetts sprechen mußte. Eins führte zum anderen, und dann heirateten sie.«

»Ah«, sagte ich. »Und hat sie dann nach der Hochzeit ihr Testament dahingehend geändert, daß im Falle ihres Todes der Hauptteil ihres Vermögens an Eustis fallen sollte?«

»Hermione hat nie im Leben ein Testament gemacht. Sie gehörte zu den Leuten, die glauben, daß sie dann sofort sterben.«

»Wenn Hermione eines natürlichen Todes gestorben wäre, hätte dann ihr Ehemann das Vermögen geerbt?«

»Das nehme ich an.«

»Ihre Tante ist aber nun keines natürlichen Todes gestorben, nicht wahr? Und wenn Eustis wegen Mordes an ihr verurteilt wird, kann er überhaupt nichts von ihrem Vermögen erben, darf doch ein Mörder keinen Gewinn aus seinem Verbrechen ziehen.«

Genevieve lächelte. »Damit rechne ich.«

Ich kehrte zu Eustis zurück, der einmal mehr gegähnt hatte und sich nun anscheinend nach einer Sitzgelegenheit umsah. »Könnten Sie mir mal Ihre Version dieses unseligen Vorfalls erzählen?« fragte ich ihn.

Er seufzte. »Tja, da gibt es eigentlich nicht viel zu erzählen. Hermione und ich sind so gegen zehn nach oben gegangen. Für gewöhnlich lesen wir noch ein Weilchen im Bett, bevor wir das Licht ausmachen. Das letzte, woran ich mich erinnern kann, ist, daß ich Edgar Allan Poes *Der entwendete Brief* gelesen und ein Band mit der *Pavane für eine tote Prinzessin* gehört habe.« Er runzelte nachdenklich die Stirn. »Oder waren es *Die Pinien von Rom*? Aus irgendeinem Grund verwechsle ich diese beiden Stücke immer.«

»Mr. Crawford«, fragte ich, »nehmen Sie Tabletten... ich meine Schlaftabletten?«

»Um Himmels willen, nein. Ich habe nicht die geringsten Schwierigkeiten mit dem Einschlafen. Ich brauche bloß die Augen zuzumachen.«

»Bevor Sie und Ihre Frau nach oben ins Schlafzimmer gegangen sind, haben Sie da noch irgend etwas gegessen oder getrunken?«

»Ich habe unten noch einen Brandy mit Soda zu mir genommen. Das tue ich eigentlich immer vor dem Zubettgehen. Es hilft mir dabei, mich zu entspannen.«

»Wer hat Ihnen den Drink eingeschenkt?«

»Ich mir selbst.«

»Wem gehört der Revolver, mit dem Ihre Frau umgebracht worden ist?«

»Das weiß ich wirklich nicht. Ich habe ihn noch nie in meinem Leben gesehen.«

Ralph und ich begaben uns mit Eustis zusammen wieder ins Schlafzimmer, wo der Mord geschehen war. Ich sprach mit Dr. Tanner, dem Gerichtsmediziner. »Ich möchte Sie bitten, eine Blutprobe von diesem Herrn hier zu nehmen.«

Tanner nickte. »Soll ich nach irgend etwas Bestimmtem suchen?«

»Barbiturate«, sagte ich. »Oder irgendwas, was zur Kategorie der schlaffördernden Mittel gehört.«

Ich hinterließ Eustis in Tanners Obhut und zog Ralph beiseite. »Wir müssen diesen Raum sehr gründlich untersuchen, Ralph. Ich möchte absolut sicher sein, daß es zum Zeitpunkt des Mordes wirklich ein vollkommen unzugängliches Zimmer war. Such mal nach irgendwelchen Öffnungen, und seien sie noch so klein. Klappen für die Warmluftzufuhr. Klingelzüge.«

»Klingelzüge?«

»Diese Dinger, mit denen man früher die Dienstboten herbeirief. Man weiß von Giftschlangen, die an solchen Klingelzügen hinauf und hinunter geklettert sind und Leuten tödliche Bisse beigebracht haben.«

Ralph blickte zur Decke empor. »Also, Henry, Schlangen und Klingelzüge, das ist doch so eine Sache. Ich glaube, daß eine Schlange, die an einem Klingelzug runterkriecht, den Halt verlieren, einfach runterplumpsen und sich vielleicht einen ihrer Wirbel brechen würde. Und sollte sie versuchen, da wieder raufzukriechen, würde sie auch das nicht schaffen, denke ich mal. Klingelzüge sind einfach viel zu steil, Henry. Wenn sich einer fände, der einen Neigungswinkel von fünfundvierzig Grad hätte, dann vielleicht, aber nur vielleicht...«

»Ralph«, sagte ich geduldig, »was faselst du da von den Kletterfähigkeiten der Vipern? Hermione Crawford ist erschossen und nicht von einer Schlange gebissen worden.« Ich rieb mir die Hände. »Jetzt laß uns also mal den Raum nach irgendwelchen Öffnungen absuchen.«

Nach fünfzehn Minuten trafen wir wieder zusammen.

»Nicht eine einzige vermaledeite Öffnung, Henry. Keine Klingelzüge, keine Warmluftklappen. Das Zimmer wird mit einer Fußbodenheizung gewärmt. Soweit ich sehen kann, war der Raum vollkommen dicht, als Hermione erschossen wurde. Und Eustis war allein mit ihr, als es geschah.«

»Ralph«, sagte ich, »sieh dir mal das Tonbandgerät dort auf dem Nachttisch an.«

Er besah es sich. »Und?«

»Da ist gar keine Kassette drin«, sagte ich.

»Die liegt doch daneben, Henry.«

»Ich weiß. Sollte sie aber nicht.« Ich legte die Kassette ein, stellte das Gerät an und lauschte. Waren es *Die Pinien von Rom* oder war es die *Pavane für eine tote Prinzessin*? Ich zuckte die Achseln und schaltete das Tonbandgerät wieder ab.

Ich ging zu Eustis zurück, dessen Hände gerade auf Pulverspuren hin untersucht wurden. »Mr. Crawford, Sie sagten vorhin, das letzte, woran Sie sich erinnern könnten, sei, daß Sie und Ihre Frau im Bett gelegen, gelesen und dabei ein Tonband gehört hätten.«

»Ja.«

»Haben Sie sich das Band bis zu Ende angehört und es dann aus dem Gerät genommen?«

»Nein. Ich bin eingeschlafen, während es noch lief.«

Ich ließ Eustis weitergähnen und nahm Ralph zu den Balkontüren mit. »Sieh dir das mal an, Ralph. Die einzelnen Glasscheiben werden durch vier kleine Holzleisten an Ort und Stelle festgehalten.« Ich zeigte auf den Rahmen der Scheibe, die eingeschlagen worden war, um in das Zimmer hineinzukommen. »Dir wird nicht entgehen, daß hier ein paar winzige Kratzer dran sind, so als sei irgendwann mal unter Zuhilfenahme eines Schraubenziehers versucht worden, die Leisten zu entfernen.«

Ralph sah genauer hin und sagte: »Hm.«

Ich nickte. »Ich muß zwar ein bißchen spekulieren, aber

ich glaube, ich habe die Lösung des ganzen Rätsels gefunden. Fangen wir mal von vorne an. Irgendeine der im Hause lebenden Personen tut an diesem Abend ein Schlafmittel in die Brandyflasche von Eustis. Wenn die Flasche nicht vernichtet oder versteckt worden ist, werden wir sie unten in der Hausbar finden, denke ich. Und nachdem Eustis dann seinen Drink genommen hatte, ging er mit seiner Frau nach oben.«

Ralph rieb sich das Kinn. »Und im Schlafzimmer angekommen, verschlossen sie die Tür und auch die Balkontüren?«

»Nicht notwendigerweise, Ralph, obwohl es durchaus möglich ist. Jedenfalls gingen sie ins Bett, und Eustis nahm ein Buch zur Hand und stellte das Tonbandgerät an. Derweil wartete der Mörder in der Dunkelheit draußen auf dem Balkon, bis er sah, daß das Schlafmittel Wirkung zeigte.«

»Mörder?«

»Oder Mörderin. Ich will im Augenblick mal der Einfachheit halber das Wort ›Mörder‹ benutzen. Also, sobald Eustis eingeschlafen war, betrat der Mörder das Zimmer durch eine der Balkontüren. Sollten sie zugeschlossen gewesen sein, brauchte er nur an die Glasscheibe zu klopfen, um Hermiones Aufmerksamkeit zu erregen, süß zu lächeln und sie zu bitten, ihn hereinzulassen, da er gern mal kurz mit ihr sprechen würde. Und da die Person, die sie vor der Tür sah, entweder ihr Neffe oder ihre Nichte war, hatte sie keinen Anlaß, etwas Böses zu vermuten. Aber als ihn Hermione einließ, zog er den Revolver und erschoß sie.

Dann zerrte er den bewußtlosen Eustis aus dem Bett und legte ihn neben seine tote Frau. Er ersetzte die leere Patrone durch eine volle und schob Eustis den Revolver in die Hand. Daraufhin feuerte er den Revolver noch einmal ab, schoß diesmal jedoch durch die noch offenstehende Balkontür hinaus in die Nacht. Das tat er, um sicherzustellen, daß wir an Eustis' Hand Pulverspuren finden würden.«

»Wie kommt es aber, daß niemand die Schüsse gehört hat, Henry?«

»Weil der Mörder einen Schalldämpfer benutzt hat.«

Ralph dachte nach. »Müßte in diesem Falle nicht auch der Mörder Pulverspuren an seiner Hand haben?«

»Das bezweifle ich. Wenn er genug von Pulverspuren versteht, um dafür zu sorgen, daß welche an Eustis' Hand kamen, dann war er mit Sicherheit auch schlau genug, dafür zu sorgen, daß an ihm selbst keine zu finden sein würden. Sehr wahrscheinlich hatte er Handschuhe und irgendeine Schutzkleidung angezogen, um zu verhindern, daß Pulverspuren an seinen Händen und Sachen zurückblieben.«

Ich bemerkte, daß Eustis auf seinem Stuhl eingeschlafen war. »Und dann nahm der Mörder die Kassette mit der *Pavane für eine tote Prinzessin*, oder was immer drauf war, aus dem Tonbandgerät und steckte statt dessen eine eigene hinein. Dieses Band aber war total leer, bis auf den Knall eines einzigen Pistolenschusses.«

Ralph hob interessiert eine Braue.

Ich nickte. »Das Timing war bei alledem natürlich von unglaublicher Wichtigkeit. Er kannte den Zeitpunkt ganz genau, zu dem der aufgenommene Schuß zu hören sein würde, nämlich so etwa um zehn Uhr vierzig. Er stellte das Tonbandgerät an, drehte es zweifellos voll auf und schloß dann die Schlafzimmertür von innen ab, falls sie nicht schon abgeschlossen war. Und daraufhin nahm er, wahrscheinlich mit Hilfe eines Schraubenziehers, eine der Scheiben der Balkontür heraus – die Scheibe, die uns in zerbrochenem Zustand vorliegt.

Nun ging er auf den Balkon hinaus, zog die Tür hinter sich zu, griff hinein und schloß sie wieder ab. Dann setzte er Scheibe und Holzleisten wieder ein, begab sich hinunter ins Wohnzimmer, blieb dort und sah sich die Zehn-Uhr-Nachrichten im Fernsehen an. Kurz nach halb elf gingen Oglethorpe und Genevieve wie üblich nach oben, was sie in dem Augenblick in der Nähe von Hermiones Tür sein ließ, in dem das Band die Stelle mit dem Krachen des abgefeuerten Schusses erreichte. Als der Mörder später vom Balkon her in das Schlafzimmer eindrang, war es ihm ein leichtes, die Kassette wieder einzustecken ... inzwischen ist es ihm wahrscheinlich gelungen, sie verschwinden zu lassen.«

Ralph kratzte sich nachdenklich im Nacken. »Wer ist nun für dich der Mörder? Oglethorpe oder Genevieve?«

»Oglethorpe.«

»Warum Oglethorpe?«

»Wegen des Hörgeräts.«

»Was hat denn dieses Hörgerät damit zu tun?«

»Das ist mir auch noch nicht völlig klar, aber es ist wahrscheinlich der Schlüssel zu dem ganzen Fall. Jedesmal, wenn ich Oglethorpe angesehen habe, hat er an seinem Hörgerät rumgefummelt. Damit muß es irgendeine Bewandtnis haben.«

»Wieso?«

»Ralph«, sagte ich, »erinnerst du dich noch an den Mordfall Gillingham? Einer unserer Hauptverdächtigen, Elmer Bjornson, schien an den Rollstuhl gefesselt zu sein, aber dann entdeckten wir, daß er sehr wohl gehen konnte. Das hat mich gelehrt, Tatverdächtigen in Rollstühlen stets mit äußerstem Mißtrauen zu begegnen, und ich glaube, dies läßt sich auch erweiternd auf Leute übertragen, die eine Hörhilfe haben.«

»Also Henry«, sagte Ralph, »es stimmt zwar, daß Bjornson gehen konnte, aber das hatte nicht das geringste mit dem Mord an Gillingham zu tun. Wir sind halt einfach so dahintergekommen, bevor wir den tatsächlichen Mörder festnehmen konnten.«

Ich rieb mir das Kinn. »Du meinst, Oglethorpes Hörhilfe hat *nichts* mit diesem Mord zu tun?«

»Ich fürchte, so ist es, Henry.«

Ich riß mich zusammen. »Na schön, den Mörder im vorliegenden Fall festzunageln, ist lediglich eine Frage der Ausdauer. Wir werden den Übeltäter oder die Übeltäterin schon bald präsentieren können. Erst einmal haben wir verhindert, daß ein Unschuldiger ins Gefängnis wandert.« Ich lächelte bescheiden. »Eigentlich gehe ich schon davon aus, daß jeder einigermaßen kompetente Ermittler hinter all die beim vorliegenden Fall ins Auge springenden Ungereimtheiten gekommen wäre.«

Ralph nickte. »Da hast du recht, Henry.«

Es trat ein ziemlich langes Schweigen ein, und ich fing an, mich unbehaglich zu fühlen. »Was ist, Ralph?«

Er seufzte. »Dieser Fall erinnert mich an den *Entwendeten Brief*.«

»Und warum erinnert er dich an den *Entwendeten Brief*?«

»Henry, das beste Versteck für einen Mord ist ein anderer Mord. Mal angenommen, du wolltest deine Frau ihres Geldes wegen umbringen. Wie sorgfältig du die Sache auch planst, du weißt doch, daß du notwendigerweise der naheliegendste Tatverdächtige sein wirst. Die Polizei würde wühlen und graben, und ihre Chancen stünden gut, daß sie auf irgend etwas stößt, das dich zu Fall bringt. Deshalb beschließt du, den Stier bei den Hörnern zu packen. Da du ohnehin verdächtigt wirst, warum dann nicht aufs Ganze gehen? Es so drehen, daß es schon auf den ersten Blick so aussieht, als könntest nur du sie umgebracht haben?«

Ich schloß die Augen.

Ralph fuhr fort: »Sobald du mit deiner Frau oben bist, erschießt du sie, wobei du eine Waffe mit Schalldämpfer benutzt. Dann verläßt du das Zimmer, um den Schalldämpfer verschwinden zu lassen und die leere Patrone, die du durch eine volle ersetzt. Du kehrst ins Schlafzimmer zurück und wartest dort, bis du Oglethorpe und Genevieve die Treppe heraufkommen hörst. Du läßt sie bis vor die Schlafzimmertür kommen und feuerst dann mit dem Revolver durch die offene Glastür in die Nachtluft hinaus.

Und während dann Oglethorpe und Genevieve an die Schlafzimmertür klopfen, machst du schlicht und einfach die Glastür zu und schließt sie ab. Vorher hast du an einer der Scheiben ein bißchen rumgepuhlt. Nun schluckst du zwei Schlaftabletten und legst dich neben deine tote Frau. Wenn Oglethorpe und Genevieve dann ins Schlafzimmer eindringen, tust du so, als wärst du nicht bei Bewußtsein, und das ist alles.«

Ralph seufzte erneut. »Dann lehnst du dich zurück und läßt die Polizei ihre Arbeit tun. Denen wird klar, daß die ganze Sache *viel* zu eindeutig, die Beweislast *zu* erdrückend ist. Stück für Stück werden sie den Schwindel aufdecken und sich dabei überaus edel vorkommen. Selbst wenn dir, was kaum wahrscheinlich ist, doch der Prozeß gemacht werden sollte, wäre jeder Anwalt leicht in der Lage, den Finger auf die Schwachstellen des Falles zu legen und einen Freispruch für dich zu erwirken.«

Ich starrte Eustis an, der mit lächelndem Gesicht schlafend auf seinem Stuhl saß.

So ein Mist, dachte ich, Ralph hat recht. Und Eustis wird damit durchkommen!

Wir brachten Eustis ins Präsidium, aber ohne allzu großen Optimismus.

Dann gingen Ralph und ich in die nächstgelegene Bar.

Der Barkeeper erkannte mich. »Was soll's sein, Sergeant? Tomatensaft oder Sherry?«

»Sherry.«

»Oh«, sagte er, »*so* mies der Tag?«

Ich nickte niedergeschlagen. »Ja, so mies.«

Er füllte mein Glas bis zum Rand und reichte mir Wasser zum Nachspülen.

Das große Durcheinander im ›Blauen Sittich‹

Der Blick auf die Leiche wurde mir durch Kriminalbeamte verdeckt, die ihrer jeweiligen Arbeit nachgingen. »Was trank er, als er erschossen wurde?«

Der Barkeeper kratzte sich im Nacken. »Er hatte gerade eine Bloody Mary bestellt, als er umgebracht wurde.«

Mein Partner Ralph trat in dem Augenblick zu uns, als der Barkeeper seine Geschichte noch einmal zu erzählen begann. »Es war heute nachmittag kurz nach drei, als die Tür aufging und dieser Mann reinkam. Er hatte sich einen Nylonstrumpf über den Kopf gezogen. Er schrie ›McGeorge‹ und erschoß dann den Mann, der dort auf dem Fußboden liegt.«

Ich deutete auf die Leiche. »Ist das McGeorge?«

Die Augen des Barkeepers flackerten. »Ich weiß nicht, wie er heißt.«

»Dann war er kein Stammgast?«

»Ich habe ihn noch nie im Leben gesehen.«

Ralph hatte die Brieftasche des Opfers in der Hand. »Der Führerschein weist ihn als Bernard E. Cullen aus, wohnhaft 173 Courtwood Apartments. Zweiundvierzig Jahre alt.«

Ich sah zu den sieben weiteren Zeugen des Verbrechens hinüber. »Gibt's hier einen McGeorge?«

Sie blickten sich alle an, aber keiner meldete sich.

Ich runzelte die Stirn. »Warum sollte der Killer das Opfer McGeorge genannt haben, wenn es doch gar nicht McGeorge war?«

Der Barkeeper zuckte die Achseln. »Nachdem er den Mann erschossen hatte, machte er auf dem Absatz kehrt und rannte raus. Und dieser Herr da« – er zeigte auf einen der Zeugen – »zog eine Pistole und lief ihm nach.«

Dave Campbell, der noch nicht so lange in der Abteilung war, hatte gerade dienstfrei gehabt und war auf einen Drink in der Bar gewesen, als das Verbrechen geschah. Er sah noch immer recht blaß aus. »Ich habe noch nie gesehen, wie einer umgebracht worden ist.«

Ralph nickte mitfühlend. »Sie haben den Killer dann verfolgt?«

Dave nickte. »Es passierte alles so furchtbar schnell. Ich meine, ich war auf so was überhaupt nicht gefaßt. Irgendwie war's ein Schock für mich. Für alle anderen auch. Aber dann kam ich wieder zu mir und bin ihm nach. Als ich an der Tür war, konnte ich ihn sehen, wie er gerade um die nächste Ecke biegen wollte. Ich konnte noch einen Schuß abgeben, bevor er ganz verschwunden war.«

»Haben Sie ihn getroffen?« fragte Ralph.

»Nicht richtig. Ich bin aber sicher, daß er einen Streifschuß abbekommen hat.«

»Wieso das?«

»Na ja, ich konnte sehen, wie meine Kugel ein Stückchen von der Wand des nächsten Hauses absplitterte, aber ich glaube, daß sie ihn vorher gestreift hat, denn er verschwand zwar, zuckte aber vorher irgendwie zusammen und faßte sich hierher.« Er legte die Hand auf seinen Po.

»Ah«, sagte ich, »der *gluteus maximus*. Rechts oder links?«

»Ich glaube, beides. Nicht mitten durch, verstehen Sie. Nur gestreift.«

Ein Mann von der Spurensicherung trat kurz zu uns. »Es

wurden sechs Schüsse abgegeben. Vier verfehlten Cullen. Eine Kugel ging in den linken Arm und die andere mitten ins Herz.«

Dave fuhr fort: »Als ich bei der Nebenstraße ankam, war er nirgends mehr zu sehen. Die Gasse führte zu einer anderen, die parallel zur Hauptstraße verläuft. Ich sah mich nach allen Seiten um, konnte ihn aber nicht finden. Er war mittelgroß und eher hager.«

Ich wandte mich erneut an den Barkeeper. »Wie heißt diese Bar? ›Zum roten Sittich‹?«

»Nein. ›Zum blauen Sittich‹.«

Der ›Blaue Sittich‹ war eigentlich ein Nachtklub – um diese Nachmittagsstunde war nur die Bar geöffnet.

»Wer ist der Besitzer?«

Der Barkeeper zeigte schnell auf einen der Zeugen. »Fragen Sie Mr. Wister, er ist der Manager.«

Wister trat ziemlich langsam zu uns.

»Wem gehört diese Bar?« fragte ich.

»Einer Gesellschaft.«

»Welcher Gesellschaft?«

Es war, als seufzte Wister. »Der Ajax-Helot Corporation.«

Ralph zog mich beiseite. »Henry, Ajax-Helot, das ist Big Joe McGeorge, und Big Joe McGeorge ist Ajax-Helot. Und beide sind in dieser Stadt gleichbedeutend mit *Syndikat*. Mit anderen Worten, Henry, der Killer hat den Falschen erwischt. Eigentlich war er hinter Big Joe McGeorge her.«

»Oh!« sagte ich. »Hinter *dem* McGeorge. Aber der Killer hat doch Cullen erschossen.«

»Hier drin ist es schummrig, und er kam von der sonnenbeschienenen Straße herein. Er konnte nicht allzugut sehen, aber er konnte auch nicht gut einfach da an der Tür stehenbleiben, die Pistole in der Hand und den Strumpf über dem Kopf, und warten, bis sich seine Augen an das Dämmerlicht gewöhnt hatten. Deshalb brüllte er ›McGeorge‹, und als Cullen sich umdrehte, feuerte der Killer auf ihn.«

Ich ging wieder zum Barkeeper. »Warum haben Sie mir nicht gesagt, daß es der Killer auf Big Joe McGeorge abgesehen hatte?«

Der Barkeeper wischte nervös die Theke mit einem Lappen trocken. »Ich hab von nichts keine Ahnung. Ich arbeite bloß hier.«

Ich wandte mich erneut an Wister. »War McGeorge heute hier?«

»Ja, war er.«

»Wann?«

»Heute nachmittag. Er kam so ungefähr um Viertel nach zwei herein.«

»Kommt er jeden Tag um die gleiche Zeit her?«

»Nein, er taucht vielleicht einmal im Monat auf, um nach dem Rechten zu sehen und etwas zu trinken.«

»Wann ist er gegangen?«

»Gegen drei. Ungefähr fünf Minuten vor der Schießerei. Ich hab ihn zur Hintertür rausgelassen.«

»Wieso zur Hintertür?«

»Von da aus ist es näher bis zu dem Parkplatz, auf dem er seinen Wagen stehen hatte.«

»Ist er auch zur Hintertür reingekommen?«

»Nein. Die Hintertüren sind immer abgeschlossen, und wir hätten sein Klopfen wahrscheinlich nicht gehört. Er hat die Vordertür benutzt.«

Ralph hatte nachgedacht. »Da McGeorge für seine Besuche hier keinen festen Zeitplan gehabt zu haben scheint, muß der Killer ihm gefolgt sein. Er hat McGeorge hier reingehen sehen, nicht jedoch, wie er wieder gegangen ist.«

Ich war geneigt, dem beizupflichten. »Wir werden wohl mal Big Joe McGeorge befragen müssen, um eventuelle Hinweise auf die Identität des Täters zu bekommen.«

Ralph zog mich erneut in eine Ecke. »Henry, dieser Killer hat doch gar keine Identität. Ich denke, daß es ein gedungener Mörder ist, den McGeorge überhaupt nicht kennt. Das Ganze ist eine Syndikatsangelegenheit, und wir haben noch nie Glück gehabt, wenn es um die Aufklärung von Syndikatsmorden geht. Wie etwa bei Lorenzo Thomas, dessen Leiche im vergangenen Jahr im Kofferraum seines Wagens gefunden wurde.«

»Aber wir müssen McGeorge wenigstens *befragen.*«

»Klar. Aber überlaß das Reden mir.«

Ralph und ich nahmen die Aussagen der Zeugen sowie eines weiteren Gastes auf, der zum Zeitpunkt der Schießerei auf der Toilette gewesen war. Dann stiegen wir in unser Auto und fuhren los, um Mrs. Cullen vom Ableben ihres Mannes zu unterrichten.

Bei den Courtwood Apartments angekommen, drückte ich auf die Klingel der Nummer 173.

Eine auffallend gutaussehende Frau mit vollem, schwarzem Haar, engstehenden dunklen Augen und einer üppigen, aber in Zaum gehaltenen Figur öffnete uns.

»Mrs. Bernard Cullen?« fragte Ralph.

»Ja?«

Wir wiesen uns aus, und Ralph sagte: »Ich fürchte, ich habe eine schlimme Nachricht für Sie, Mrs. Cullen.«

Sie betrachtete uns ein Weilchen und bat uns dann herein. Als Ralph ihr berichtet hatte, was Cullen widerfahren war, betupfte sie mit einem Papiertaschentuch ein – wie es aussah – vollkommen trockenes Auge und suchte dann bei einer Zigarette weiteren Trost.

»Mrs. Cullen«, fragte ich, »war Ihr Mann vermögend?«

Ralph blickte ein wenig gequält drein.

Mrs. Cullen hob eine Augenbraue. »Bernie? Er hatte seinen Job, das war's dann aber auch schon.«

»Keine Lebensversicherung?«

»Doch. Eine über zehntausend Dollar.«

»Und Sie sind die Begünstigte?«

»Nein, sondern seine Mutter. Bernie wollte erst sehen, wie sich unsere Ehe entwickeln würde, bevor er sich entsprechend festlegte.«

»Wie lange waren Sie denn mit Bernie verheiratet?« erkundigte ich mich.

»Drei Jahre.«

Ralph war nervös geworden. »Mrs. Cullen, wir haben Grund zu der Annahme, daß Ihr Mann aus Versehen erschossen worden ist.«

Während er diesen Aspekt von Cullens Tod erläuterte, blickte ich mich im Zimmer um. Es gab nur ein Bücherregal, und das diente als Raumteiler. Es stand nicht ein einziges Buch darin, sondern nur Keramikelefanten und derartige Dinge. Jämmerlich.

»Mrs. Cullen«, fragte ich dann weiter, »ist Ihr Mann regelmäßig in den ›Rosaroten Sittich‹ gegangen?«

»In den ›Blauen Sittich‹«, sagte Ralph.

Sie zuckte die Achseln. »Ich habe weder von dem einen noch von dem anderen Lokal je gehört. Bernie trank gelegentlich ein Gläschen, aber er war nirgendwo Stammgast. Wenn ihm nach einem Drink war, ging er in die nächstbeste Bar.«

»Hatte er irgendwelche Kose- oder Spitznamen?«

»Spitznamen?«

»Ja. Außer Bernie, meine ich. Sowas wie Männe oder Shorty oder McGeorge zum Beispiel?«

Ralph sah mich an. »Wer hat schon einen Spitznamen wie McGeorge?«

»Du wirst dich wundern«, sagte ich. »Ich hatte auf der Oberschule mal eine Freundin, deren Spitzname McGillicutty war. Mit richtigem Namen hieß sie Hildegarde.«

»Nein«, sagte Mrs. Cullen, »alle Leute, die er kannte, nannten ihn Bernie.«

»Hatte Bernie irgendwelche Feinde?«

»Nicht daß ich wüßte.«

»Mrs. Cullen«, fragte ich nun, »tragen Sie eine Perücke?«

Ralph schloß die Augen.

»Nein«, erwiderte sie. »Das ist alles echt.«

Ralph gab ihr unsere Karte. »Wenn wir irgend etwas für Sie tun können, rufen Sie uns einfach an.«

Unten auf der Straße sagte ich: »Mir kam der Gedanke, daß der Killer auch eine als Mann verkleidete Frau gewesen sein könnte. Wenn Mrs. Cullen eine Perücke getragen hätte, hätte sie ja kurze Haare und könnte als Mann durchgehen.«

Ralph sah mich einigermaßen mitleidsvoll an. »Henry, glaubst du im Ernst, daß sie als Mann durchgehen könnte? Bei *dieser* Figur?«

»Diese Frage wollte ich in der Tat als nächste stellen.«

Ralph fuhr uns – ein bißchen zögerlich, hatte ich den Eindruck – zu dem am Lakefront Drive gelegenen Haus von Big Joe McGeorge.

An der Zufahrt stoppte uns ein geschlossenes Tor, und ein uniformierter Wachmann besah sich unsere Ausweise, bevor wir weiterfahren durften. Wir folgten der üblichen gewundenen Auffahrt, bis wir endlich auf einem kiesbestreuten Oval vor dem Haupthaus landeten, das auf einer kleinen Anhöhe lag, die Aussicht auf den Michigan See gewährte.

Ein Diener führte uns in einen großen Raum, dessen Decke beachtlich weit vom Fußboden entfernt war. Dort ließ man Ralph und mich warten.

Ralph zog eine Zigarre heraus, betrachtete sie und kam dann offensichtlich zu dem Schluß, daß es wohl nicht ganz angemessen wäre, sich in einem solchen Raum eine Fünfzehn-Cent-Zigarre anzustecken.

Ich schlenderte zu ein paar an der Wand stehenden Bücherregalen hinüber. Das dort Vorhandene waren alles Klassiker, unaufgeschnitten, kein Band später als 1914 erschienen.

Dann ließ ich mich neben dem Telefon nieder und zählte die im Telefonbuch verzeichneten McGeorges.

Zehn Minuten vergingen, fünfzehn, zwanzig.

Ich erhob mich und schlenderte durch die angrenzenden Räume und Flure, darum bemüht, menschliche Lebewesen zu finden.

In einem anderen großen Raum blieb ich vor dem Marmorkamin stehen. Ein riesiges Gemälde, das eine ätherische junge Frau zeigte, hing über dem Sims.

Sie war wohl so Anfang Zwanzig und trug etwas, das einem griechischen Gewand ähnelte. Für meinen Geschmack hatte sie ein wenig zu engstehende Augen. Im Hintergrund tanzten und flöteten voller Begeisterung ein paar Mutanten, halb Mann, halb Ziege, und in der Ferne bot sich dem Betrachter der Anblick einer wolkenverhangenen, nur undeutlich zu erkennenden Akropolis.

Hinter mir sagte die Stimme einer Frau: »Ah, da haben Sie sich also auch in sie verliebt, oder nicht?«

»Ich? Nein«, sagte ich. »Offen gestanden, nicht einmal andeutungsweise.«

Ich drehte mich um und hatte eine junge Frau vor mir, ebenfalls Anfang Zwanzig, aber mit blauen Augen, blondem Haar und einer ziemlich großen Brille.

Sie blickte stirnrunzelnd zu dem Bild hinauf. »*Alle* verlieben sich in sie.«

»Wer ist das?«

»Dora.«

»Dora wer?«

»Dora McGeorge.«

Big Joe McGeorge kam herein, flankiert von zwei bemerkenswert stämmigen Hünen. In ihrem Kielwasser folgte ein älterer, leicht schwitzender Mann.

McGeorge war von etwa durchschnittlicher Größe und durchschnittlichem Gewicht. Als er mich bemerkte, blieb er stehen, blickte zu dem Bild hinauf und lächelte. »Da haben Sie sich also auch in sie verliebt, eh?«

»Eigentlich nicht«, erwiderte ich. »Ihre Augen stehen viel zu ...«

Er lachte leise. »*Alle* verlieben sich in Dora.« Er wandte sich an seine Begleiter. »Stimmt's nicht, Jungs?«

Die blickten ehrfurchtsvoll zu dem Gemälde auf und nickten. Ich hatte den entschiedenen Eindruck, daß sie nicht nur so taten als ob.

»Ich bedaure, daß ich Sie habe warten lassen«, sagte McGeorge. »Aber ich mußte auf meinen Anwalt warten. Man kann ja heute nirgends mehr ohne Rechtsanwalt hingehen, und sagen darf man auch nichts mehr.« Er deutete auf den schwitzenden Herrn. »Das ist Hannigan.«

Hannigan wischte sich das Gesicht ab. »Ich bin so schnell hergekommen, wie ich nur konnte, Joe.«

Ich bemerkte, daß das Mädchen wieder verschwunden war. Und wo steckte Ralph? Ich hatte geglaubt, er wäre mir nachgekommen, aber das war offensichtlich nicht der Fall.

Wir setzten uns alle.

»Also gut«, sagte McGeorge, »kommen wir zum Geschäftlichen. Um Ihnen Mühe zu ersparen, will ich Ihnen sagen, daß Wister mich angerufen und mir erzählt hat, was vorgefallen ist. Deshalb sind Sie doch hier, nicht wahr? Der Killer hat ›McGeorge‹ gebrüllt, und Sie haben sich Ihren Vers darauf gemacht?«

»Haben Sie eine Ahnung, wer den Wunsch haben könnte, Sie umzubringen?«

Der bloße Gedanke schien ihn schon zu schockieren. »Mich? Ich bin mit aller Welt befreundet, und alle Welt ist mein Freund. Ich habe keine Feinde. Nicht in dieser Welt. Er muß hinter einem anderen McGeorge her gewesen sein.«

Ich nickte. »Eine Möglichkeit, die mir nicht entgangen ist. Laut Telefonbuch gibt es in dieser Stadt und ihren Vororten achtzehn McGeorges. Sie sind nicht dabei.«

»Meine Telefonnummer ist nicht aufgeführt. So bleibt's stiller hier im Haus.«

»Warum nennt man Sie Big Joe? Mir scheint, Sie sind von ganz durchschnittlicher Größe.«

»Das ist einer dieser Bräuche, die überliefert werden. Vor mir gab es Big Max, Big Sig und Big Arnie. Arnie war nur knapp einssechzig groß.«

»Verbringen Sie viel Zeit im ›Braunen Sittich‹?«

»Im ›Blauen Sittich‹? Nein. Warum sollte ich?«

»Aber Sie sind doch der Besitzer, nicht wahr?«

»Na gut, also bin ich der Besitzer. Und ich habe einen

Manager dort, der den Laden für mich schmeißt. Übrigens ist der ›Blaue Sittich‹ nicht das einzige Lokal, das mir gehört. Es gibt mindestens ein Dutzend ...«

Hannigan zog heftig an McGeorges Ärmel, und McGeorge verstummte.

»Waren Sie heute im ›Blauen Sittich‹? So gegen halb drei?«

»Sicher«, sagte McGeorge. »Ich und Eddie und Freddie.« Er deutete auf seine beiden stämmigen Begleiter. »Ich habe mir die Bücher angesehen, und dann haben wir an der Bar noch was getrunken. Aber wir sind vor der Schießerei gegangen.«

»Eddie und Freddie sind Ihre Leibwächter?«

»Meine Freunde. Ohne sie gehe ich nirgendwo hin.«

»Sind sie bewaffnet?«

Er reagierte auf ein Ärmelzupfen Hannigans.

»Das vermag ich nicht zu sagen. Ich mische mich nicht in ihre Privatangelegenheiten.«

»Ich dachte nur so, daß ein fremdes Syndikat versuchen könnte, von außen in die Stadt einzudringen.«

Sein Gesicht verfinsterte sich. »Ich hab rumtelefoniert, da tut sich nix, absolut gar nix.« Er ignorierte die Ärmelzupfer. »Wenn jemand versuchen würde, hier einzudringen, dann wüßte ich das.«

»Es gibt noch eine andere Möglichkeit«, sagte ich. »Angenommen, das wäre ein Insiderjob, sozusagen. Das heißt, jemand innerhalb der Organisation möchte das Heft in die Hand nehmen.«

Hannigans Stuhl kippte nach hinten, und der Anwalt fiel zu Boden. Er erhob sich sofort wieder, aber sein Gesicht war kreidebleich. »Ich doch nicht, Big Joe. Ich verstehe nichts von Administration. Ich würde nicht einmal im

Traum an so etwas wie eine Übernahme denken. Niemals, Big Joe. Ich schwör's beim Grabe meiner Mutter.«

McGeorge sah ihn stirnrunzelnd an. »Ich hab nicht einen Augenblick an Sie gedacht.«

»Mr. McGeorge«, sagte ich, »da ich nun schon einmal hier bin, würde ich gern noch einen anderen Fall ansprechen – den Fall Lorenzo Thomas. Er wurde im vergangenen Jahr im Kofferraum seines Wagens gefunden. Es ergab sich, daß er schon drei Wochen oder länger da dringelegen hatte. Jemand, der an einem heißen Tag dort an der Garage vorbeigegangen war, hatte etwas Verdächtiges gerochen und die Polizei gerufen. Soweit mir bekannt ist, war Lorenzo Mitglied Ihres Syndikats.«

McGeorge schnaubte verächtlich. »Mitglied des Syndikats? Er reparierte Bowling-Maschinen, und als an einer meiner Bahnen mal was kaputt ging, übertrugen wir die Sache ihm. Jedesmal, wenn wer im Kofferraum seines Autos auftaucht, schreit ihr sofort ›Syndikat!‹ Ich persönlich bin der Ansicht, daß es seine Frau war. Ich hab mich umgehört. Die waren wie Hund und Katze. Sie hat ihn nicht mal als vermißt gemeldet. Und warum sollte sie drei Wochen lang mit dem Taxi zum Supermarkt fahren und wieder zurück, wo doch ihr Auto da in der Garage stand?«

»Warum sind Sie nicht zur Polizei gegangen?«

»Ich? Wieso sollte ich mich da einmischen? Ich zahle meine Steuern. Warum sollte ich Ihnen Ihren Job abnehmen?«

Als ich McGeorge und seine Begleiter verließ, traf ich in der Diele die blonde junge Frau wieder. Sie übernahm es, mich zur Haustür zu geleiten.

»Übrigens«, fragte ich, »wie heißen Sie eigentlich? Und welche Stellung haben Sie hier im Hause?«

»Ich bin Dora McGeorge.«

Ich blieb stehen. »Sie meinen, die junge Frau auf dem Bild ... das sollen *Sie* sein?«

»Mehr oder weniger.«

»Aber deren Augen stehen viel zu eng. Und außerdem sind ihre Augen braun, Ihre aber sind blau.«

»Dad gab das Bild in Auftrag, als ich erst sechs Monate alt war. Es zeigt, wie ich seiner Vorstellung nach einmal als Erwachsene aussehen würde. Als ich sechzehn war und meinen ersten und letzten Martini getrunken hatte, schnappte ich mir eine Leiter und malte Dora eine Brille ins Gesicht. Und ich machte ihre Augen braun. Dad ließ die Brille wieder entfernen, meinte aber, braune Augen sähen hübsch aus, und ließ sie so.«

Wir nahmen unseren Gang in Richtung Haustür wieder auf. »Haben Sie mal einen einzelnen Strumpf?«

Sie sah mich verblüfft an. »Wozu?«

»Ich würde mir den gern mal über den Kopf ziehen. Es ist ein Experiment. Ich würde ja auch gehen und ein Paar kaufen, aber ich meine, das wäre ein bißchen verschwenderisch, wenn man bedenkt, daß ich den Strumpf nur für ein paar Minuten brauche.«

Sie blickte mich prüfend an. »Wie sind Sie eigentlich zur Polizei gekommen?«

»Da gab es so einen Aufruf, man solle sich doch bewerben, und mein Vater dachte, daß ich, statt den ganzen Tag nur zu lesen, mal was Ordentliches machen sollte. Aber die Arbeit bei der Polizei hat mir wirklich immer Spaß gemacht, mit Ausnahme des einen Mals, wo ich Zwillinge zur Welt bringen mußte.«

Sie führte mich in einen kleinen Raum, zog sich hinter einem schützenden Sofa einen Strumpf aus und warf ihn mir zu.

Ich zog ihn mir über den Kopf und sah mich um. Meine Sicht war ein wenig beeinträchtigt, aber nicht allzusehr. Das Zimmer war allerdings auch ziemlich hell. »Lassen Sie doch bitte mal die Jalousien herunter«, sagte ich.

Sie zögerte. »Ich weiß nicht, ob ich das tun kann. Sie sind doch ein Irrer.«

Ich begab mich also in den Schatten einer Nische. Jetzt hatte ich einige Schwierigkeiten, etwas zu sehen. Ich zog den Strumpf wieder vom Kopf.

»Sind Sie sonst nicht immer zu zweit unterwegs?« erkundigte sich Dora. »Wie die Nonnen?«

»Heutzutage sind Nonnen nicht mehr nur zu zweit unterwegs. Falls sie nicht dasselbe Ziel haben, versteht sich, aber dann können es auch drei oder mehr sein.«

»Ich meine Kriminalbeamte, Polizisten.«

Ich schnippte mit den Fingern. »Ich wußte doch, daß ich etwas vergessen hatte.«

Wir gingen zurück und fanden Ralph, der ganz hingerissen vor dem Bild Doras stand.

»Ah«, sagte ich, »da hast du dich also auch in sie verliebt, hm?«

Er nickte. »Wer ist das?«

»Nicht von dieser Welt«, sagte ich. »Sie ist unerreichbar.«

Ralph seufzte. »Tot, wie? Tja, vielleicht auch besser so. Nichts kann einem Träume derart vermiesen wie die Wirklichkeit.« Er besann sich seiner dienstlichen Pflichten. »Wann zum Henker können wir denn endlich mit McGeorge sprechen?«

»Ist schon geschehen, ich erzähl's dir im Auto.«

Während der Rückfahrt in die Stadt berichtete ich ihm von meinem Zusammentreffen mit McGeorge.

»Ich bin nicht sicher, ob das Syndikat bei dem Fall überhaupt eine Rolle spielt«, sagte ich. »Auch McGeorge glaubt das nicht.«

»Dieser Meinung *muß* er doch sein.« Ralph rieb sich das Kinn. »Du glaubst wirklich, der Mord an Cullen kann kein Versehen gewesen sein? Aber wer hätte darauf aus sein sollen, ihn umzubringen?«

»Da ist Mrs. Cullen.«

»Wie ich schon gesagt habe, die würde nie und nimmer als Mann auftreten können.«

»Wahrscheinlich nicht. Aber könnte sie nicht auch jemanden angeheuert oder überredet haben, die Sache für sie zu erledigen?«

»Welches Motiv hätte sie gehabt? Geld? Da ist diese Lebensversicherung über zehntausend Dollar, aber die Begünstigte ist Cullens Mutter. Vielleicht hat Mrs. Cullen daran gedacht, mit der Geschichte vor Gericht zu gehen? Schließlich ist sie seine Frau und könnte behaupten, er habe lediglich vergessen, die Begünstigungsklausel entsprechend zu ändern.«

Ich schüttelte den Kopf. »Abgesehen von der Ungewißheit, ob das Gericht wirklich zu ihren Gunsten entscheiden würde, glaube ich, daß einfach zuwenig Geld im Spiel ist, um sie zu einem Mord zu verleiten. Zumindest nicht genug Versicherungsgeld.«

»Aber Cullen hat sonst nichts weiter hinterlassen.«

»Das hat sie zwar durchblicken lassen, aber müssen wir ihr denn unbedingt Glauben schenken? Meinst du nicht, daß ein Mann, der in Gelddingen so vorsichtig war wie Cullen, auch zu den Leuten gehört, die ihr Geld zur Sparkasse tragen?«

»Gut, vielleicht hat er also Geld hinterlassen. Aber wäre

es dann nicht wahrscheinlich, daß er es ebenfalls seiner Mutter testamentarisch vermacht hätte?«

»*Falls* es ein Testament gibt. Natürlich könnte seine Frau dieses Testament anfechten und hätte sicher gute Aussichten, wenigstens einen brauchbaren Kompromiß durchzusetzen. Das Verfahren könnte sich jedoch jahrelang hinziehen, und die Anwaltskosten würden entsprechend hoch ausfallen. Nein, am besten für Mrs. Cullen wäre es, wenn Cullen ohne Hinterlassung eines Testaments verstorben wäre. Das würde sie nämlich automatisch zur Erbin machen. Wenn es ein Testament gäbe, müßte es in ihrem Interesse liegen, es so schnell wie möglich zu finden und zu vernichten.«

»Sie könnte das bereits getan haben.«

»Ich glaube nicht, daß sie dazu schon die Möglichkeit hatte. Da Cullen ein so vorsichtiger Mensch war, halte ich es für überaus wahrscheinlich, daß er sein Testament, sollte es eines geben, in seinem Bankschließfach versteckt hat. Und weil er seiner Frau nicht einmal genug vertraute, um sie zur Begünstigten seiner Lebensversicherung zu machen, bezweifle ich sehr, daß er ihr einen Schlüssel zu dem Schließfach ausgehändigt hat oder daß sie gar weiß, wo sich der Schlüssel befindet.«

»Nimm mal an, sie hätte den Schlüssel gefunden und das Testament vernichtet, *bevor* sie die Ermordung Cullens arrangiert hat?«

»Eine Möglichkeit, für die viel spricht. Schließlich ist es eine äußerst riskante Sache, einen Mann in der bloßen Hoffnung umzubringen, man werde den Schlüssel zu seinem Bankschließfach schon finden und dann ein Testament vernichten können, das sich eventuell darin befindet. Was uns zu einer anderen Möglichkeit bringt. Mrs. Cullen konnte unmöglich irgend etwas mit dem Tod ihres Mannes zu tun gehabt haben. Das müßte sie jedoch nicht davon abgehalten haben, sich das Ableben ihres Gatten zunutze zu machen und sein Testament zu vernichten.«

Ins Präsidium zurückgekehrt, begaben wir uns zunächst zur Leichenhalle und sprachen mit dem diensthabenden Beamten.

»Haben Sie noch Bernard Cullens persönliche Besitztümer hier?« erkundigte ich mich.

Der Beamte holte einen großen braunen Umschlag herbei und öffnete ihn. Ich sah den Inhalt durch und fand einen kleinen, flachen Schlüssel – offensichtlich der Schlüssel zu einem Schließfach.

»Den hätten wir fast übersehen«, sagte der Beamte. »Cullen trug ihn in einer seiner Socken mit sich herum. Auf dem Ballen seines rechten Fußes hat er einen Kallus in Form dieses Schlüssels. Und noch etwas. Seine Frau hat gerade angerufen. Sie wollte wissen, wann sie seine persönliche Habe abholen könne. Ich habe ihr gesagt, wenn Sie den Fall abgeschlossen hätten.«

»Gut. Geben Sie niemandem etwas von Cullens Sachen, bevor ich sie nicht freigegeben habe. Vor allem nicht diesen Schlüssel.«

Ralph und ich gingen zum Fahrstuhl zurück.

»Ich nehme an«, sagte ich, »daß Mrs. Cullen just in diesem Augenblick ihre Wohnung auseinandernimmt und nach dem Doppel dieses Schlüssels sucht.«

Ralph sah erstaunt drein. »Ein Doppel? Daran habe ich gar nicht gedacht. Natürlich gibt es bei so etwas ein Doppel. Angenommen, sie findet es?«

»Ich glaube nicht, daß sie's findet.«

»Warum nicht?«

Ich lächelte. »Ich glaube, seine Mutter hat es.«

Um sechs Uhr kam ich heim in meine Wohnung. Normalerweise koche ich mir meine Mahlzeiten selbst, vor allem weil ich es verabscheue, zum Essen auszugehen, aber auch, weil ich der einzige Mensch bin, der weiß, was ich wie und wann essen möchte. Ich stellte mir meinen Lieblingsschmortopf zusammen (kleingeschnittenes getrocknetes Rindfleisch, Pilzsoße, Erbsen und Chop-Suey-Nudeln), schob ihn bei 180° für dreißig Minuten in den Ofen und aß dann.

Als ich meine Milch getrunken hatte, griff ich nach dem Telefon, aber da fiel mir ein, daß ja die Nummer der McGeorges nicht im Telefonbuch stand.

Ich duschte, rasierte mich, transferierte den Inhalt meiner Taschen in meinen besten Anzug und fuhr sodann bis vor das Tor zum Grundstück der McGeorges.

Der Torwächter kündigte mich telefonisch an, und Dora selbst öffnete mir die Haustür. »Mir war heute nachmittag irgendwie so kühl, und schließlich wurde mir klar, daß Sie ja meinen Strumpf noch hatten.«

Ich zog ihn aus der Tasche. »Ich fand ihn erst, als ich nach Hause kam. Ich hätte Sie angerufen und Ihnen gesagt, daß Sie nicht danach suchen, sich deswegen Sorgen machen oder gar verzweifeln sollen. Ich hätte ihn Ihnen mit der Post zugeschickt. Aber Ihr Name steht nicht im Telefonbuch, und es braucht schon eine richterliche Verfügung, um die Telefongesellschaft dazu zu bewegen, solche Informationen rauszurücken. Da dachte ich mir, ich könnte ihn genausogut auch selbst abgeben.«

Sie führte mich in eines der an die Diele angrenzenden Zimmer. »Ich nehme an, daß Sie nicht im Dienst sind? Möchten Sie etwas trinken? Bourbon, Whiskey, Rum?«

»Tja ... vielleicht ein kleines Gläschen Sherry?«

Sie betrachtete mich einen Augenblick lang und meinte dann: »Na schön.«

Nach gründlicher Durchsuchung der Hausbar fand sie die entsprechende Flasche. »Mein Vater hat mir erzählt, was los ist. Das tut er immer. Mit Ausnahme bestimmter geschäftlicher Dinge. Er möchte, daß ich nicht lügen muß, sollte ich jemals genötigt sein, einen Zeugenstand zu betreten.«

Sie schenkte Sherry in zwei Gläser und reichte mir eines. »Dad meint, daß der Mord an diesem Cullen nichts mit dem Syndikat zu tun hat. Mit überhaupt keinem Syndikat. Und Sie?«

»Ich habe so meine Zweifel. Wenn dies ein Mord im Auftrag des Syndikats gewesen wäre, dann wäre der Killer doch wohl ein Profi gewesen, stimmt's?«

»Stimmt.«

»Würde ein Profi sechs Schüsse abgeben, von denen vier danebengehen?«

»Niemals. Aber ich nehme an, daß das Licht nicht sonderlich gut war?«

»Ich meine, ein Profi hätte die Situation vorhergesehen und die Gegebenheiten berücksichtigt, statt plötzlich mit einem Strumpf über dem Kopf in der Tür zu erscheinen. Und wenn es ein professioneller Job gewesen wäre, hätte der Killer dann nicht über alle relevanten, sein Ziel betreffenden Informationen verfügt einschließlich der Tatsache, daß er zwei Leibwächter bei sich hatte?«

»Selbstverständlich.«

»Und würde ein professioneller Killer sechs Schuß wild verballern, um dann mit *leerem* Magazin vor diesen beiden bewaffneten Leibwächtern zu stehen? Und dann ist da die

Flucht. Es mag ja nicht zwingend vorgeschrieben sein, über ein wartendes Auto – wenn möglich mit Fahrer und laufendem Motor – zu verfügen, aber zu Fuß Reißaus zu nehmen, erscheint einem doch ein bißchen riskant, nicht wahr?«

Dora pflichtete mir bei. »Und diese Geschichte, daß der Killer ›McGeorge‹ gerufen haben soll. Wie sinnvoll war das wohl als Mittel zur Identifizierung des Opfers? Ich wette, daß *alle*, die an der Bar saßen, sich umgedreht haben. Es ist einfach ganz natürlich, sich umzudrehen, wenn jemand eine Tür aufmacht und ›McGeorge‹ oder ›Attila‹ oder was weiß ich sonst schreit. Auch dann, wenn man selbst Schmidt oder Blaubart heißt.«

»Genau. Deshalb kommen wir zu dem Schluß, daß es lediglich die *Absicht* des Killers war, die ganze Sache nach einem Syndikatsmord aussehen zu lassen. In Wahrheit war er gar nicht hinter McGeorge her.«

»Hinter Cullen?«

»Das ist eine Überlegung wert, nicht wahr?«

»Möchten Sie noch einen Sherry?«

»Nein, danke. Ich möchte mir gern einen klaren Kopf bewahren. Ich muß ja noch zurückfahren.«

Bevor ich um zehn Uhr wieder ging, erfuhr ich unter anderem noch, daß man sie 1972 im College zur »Miss Bücherwurm« gewählt hatte, eine Ehre, die ihr zuteil geworden war, als die Leute von der Präsenzbibliothek geschlossen für sie gestimmt hatten.

In die Stadt zurückgekehrt, fuhr ich, einem Impuls nachgebend, bis zum ›Purpurroten Sittich‹ oder wie immer das Lokal hieß. Ich ließ mein Auto in einem Parkhaus stehen und ging von dort aus den halben Block bis zu dem Nachtklub zu Fuß. Ein draußen hängendes Plakat verkündete, daß die augenblicklich auftretende Sängerin eine gewisse Amy Adams war.

Ich machte die Tür auf. In der Bar war es jetzt ziemlich voll, die Luft verqualmt und von einem Gemisch verschiedenster Geräusche erfüllt. Im Hintergrund, auf der anderen Seite der Theke, konnte ich eine Band und eine Frau mit einem Song kämpfen hören.

Ich hob die Stimme und schrie: »Suleiman der Prächtige!«

Ungefähr ein Dutzend Leute, die der Tür am nächsten saßen, drehten sich um, sahen mich amüsiert, verwirrt oder achselzuckend an und widmeten sich dann wieder ihren Drinks.

Wister, der Manager, war offenkundig in Hörweite gewesen, denn er trat zu mir. »Sagten Sie da irgendwas über Kubla Khan?«

»Es ist schon ulkig, daß die Leute diese beiden immer verwechseln«, sagte ich. »Ich nehme an, weil Kubla Khan bekannter ist. Deshalb neigen die Leute dazu, sie zu vertauschen, auch wenn die beiden keinerlei Ähnlichkeit miteinander haben.«

»Hätten Sie gern einen Tisch?« fragte Wister.

Ich wollte schon danken, da fügte er noch hinzu: »Das geht natürlich aufs Haus.«

»Na ja ... meine Füße sind schon ein bißchen müde.«

Er führte mich durch die Bar in den Hauptraum und fand einen kleinen Tisch in der Nähe der Tür für die Bedienung. Mit Sicherheit nicht der erlesenste Platz in diesem Etablissement, aber doch ausreichend. Wister schien sich zu mir setzen zu wollen, besann sich dann aber eines Besseren. »Was hätten Sie denn gern?«

»Ein Glas Sherry, bitte.«

Er gab meine Bestellung an einen Ober weiter, blieb aber noch bei mir stehen. »Haben Sie schon eine Vorstellung, wer der Mörder gewesen sein könnte?«

»Wir arbeiten noch an dem Fall. Kannten Sie eigentlich das Opfer, diesen Cullen?«

»Nein.«

»Kannten Sie seine Frau?«

Er runzelte die Stirn. »Seine Frau? Wieso sollte ich seine Frau kennen, wo ich ihn doch gar nicht kenne?«

»Das eine folgt nicht notwendigerweise aus dem anderen.«

»Ich habe nicht den blassesten Schimmer, wie sie aussieht.«

»Ist allgemein bekannt, daß dieses Lokal McGeorge gehört?«

»Allgemein würde ich nicht gerade sagen.«

»Aber die Angestellten hier wissen es?«

»Das nehme ich an. Aber wohl nicht der Gast, der von der Straße hereinkommt.«

Mein Sherry wurde gebracht, und ich probierte ihn – ganz unbezweifelbar Kochsherry. Es ist schon erstaunlich, wie oft mir das passiert.

Der andere Stuhl an meinem Tisch wurde zurückgezogen, und ein Mann ließ sich darauf nieder. »Hi«, sagte er. »Was macht die Mördersucherei?«

Er war so etwa Mitte Dreißig, ziemlich protzig, und er hatte schon ein bißchen oder auch mehr intus. Sein Gesicht kam mir irgendwie bekannt vor.

Ach ja! Es war einer von den Zeugen des Mordes an Cullen. Nein, nicht eigentlich ein *Zeuge*. Er war auf der Toilette gewesen, als Cullen ermordet worden war. Roberts? Romer? Rodell? Ja, das war's – Rodell.

Auf der mit Spotlights beleuchteten Bühne griff Amy Adams erneut nach dem Mikrophon und hauchte eine weitere Nummer hinein.

Rodell nahm die Zigarre aus dem Mund. »Sie hat schon eine phantastische Stimme, was?«

Ich hörte eine halbe Minute lang aufmerksam zu. »Im Grunde genommen ist ihre Stimme doch recht dünn. Wenn sie jedoch eine echte Neigung zur Musik hat, dann würde ich ihr raten, statt dessen zu einem Instrument zu greifen. Ich hatte eine Schulkameradin, die wechselte von Mezzosopran zur Harfe und hat das nie bereut. Sie hieß Hildegarde, obwohl die meisten Leute sie ...«

»Sie ist meine Frau.«

»Hildegarde? Ich wußte gar nicht, daß sie ...«

»Ich meine Amy Adams.« Er zeigte in Richtung Bühne.

Adams? Rodell? Ja klar – Adams war ihr Künstlername! Ich räusperte mich. »Andererseits ... es gibt ja viele Menschen, die dünne Stimmen ausgesprochen *mögen*. Vielleicht sogar die Mehrzahl. Für wie lange ist sie hier engagiert?«

»Drei Monate.«

Ich lachte fröhlich. »Wenigstens hat sie einen festen Job. Ich nehme an, daß man dieses Verdienst ihrem Manager zuschreiben muß?«

»Ich bin ihr Manager.«

Ich nippte an meinem Sherry. »Wußten Sie, daß dieses Lokal Big Joe McGeorge gehört?«

»Klar doch.«

»Waren Sie mit dem Opfer bekannt? Mit Cullen?«

»Wie ich Ihnen heute nachmittag schon sagte, hatte ich ihn noch nie gesehen.«

»Kannte Ihre Frau ihn?«

»Warum sollte meine Frau ihn kennen?«

»Ich meine, vielleicht kennt sie ihn nicht mit Namen, aber hat ihn irgendwann mal abends hier gesehen? Mit einer anderen Frau?«

»Das glaube ich nicht.«

Ich entschuldigte mich und ging zur Toilette. Dort gab es nur ein ovales, undurchsichtiges Fenster, das wahrscheinlich auf die kleine Gasse hinausging. Ich prüfte die Stäbe, mit denen es vergittert war. Sie waren wirklich fest im Mauerwerk verankert, und es schien keine Möglichkeit zu geben, sie herauszunehmen, ohne dabei einen erheblichen Schaden anzurichten.

Ich zog die Stirn in Falten. Rodell hatte gesagt, er sei, als der Mord geschah, auf der Toilette gewesen – aber mußte es notwendigerweise die *Herren*toilette gewesen sein? Schließlich waren keine Frauen in der Bar anwesend gewesen, weshalb die Damentoilette leer gewesen sein mußte. Rodell könnte leicht...

Ich ging hinaus und blieb vor der Damentoilette stehen. Ob jetzt dort jemand drin war?

Ich wartete fünf Minuten. Gerade wollte ich die Tür aufstoßen, als zwei Frauen herauskamen. Sie starrten mich im Vorbeigehen an.

Ich beschloß, noch weitere zehn Minuten zu warten, bevor ich einen erneuten Versuch unternahm, den Raum zu betreten.

Vier Minuten vergingen, und drei Frauen rauschten an mir vorbei in die Damentoilette.

Ich stellte die Uhr zurück auf Null. Ich spürte ein Klopfen auf meiner Schulter und hatte plötzlich einen großgewachsenen, mit einem Smoking bekleideten Herrn neben mir, möglicherweise einen Rausschmeißer.

»Wieso starren Sie dauernd diese Tür da an?« fragte er.

Ich lachte unbeschwert. »Ich habe auf meine Frau gewartet, habe sie aber wohl verpaßt. Was dachten Sie, was ich hier mache?«

»Das möchte ich lieber nicht raten müssen.«

Ich ließ ihn stehen und ging zur Bar. Der Barkeeper vom Nachmittag hatte Feierabend, aber jetzt waren drei andere da und alle sehr beschäftigt. Es gelang mir schließlich, die Aufmerksamkeit des einen auf mich zu lenken. Ich überbrüllte den Lärm: »Verzeihung, aber ich hätte gern eine Auskunft. Sind Sie schon mal in der Damentoilette gewesen?«

Er legte die Hand ans Ohr. »Wie bitte?«

»Ich möchte gern wissen, wie viele Fenster der Raum hat, wie groß sie sind, ob vergittert und wenn ja, in welchem Zustand sich die Gitterstäbe befinden.«

Er blickte gequält drein. »Ich bin noch nie in meinem Leben im Frauenklo gewesen, Mister. Alles, was ich tue, ist Drinks mixen. Bestell'n Sie was, was ich kenne.«

Ich seufzte und kam zu dem Schluß, daß es wohl besser wäre, mir die Auskunft, an der mir gelegen war, auf anderem Wege zu besorgen. Vielleicht konnte ich ja einfach die Frauen fragen – oder bis morgen warten, wenn das Lokal nicht ganz so voll sein würde und ich selbst nachsehen könnte.

Ich kehrte an meinen Tisch und zu Rodell zurück. »Sie sind also Manager? Ich nehme an, daß Sie noch andere Sänger und Unterhaltungskünstler in Ihrem … äh … Stall haben?«

»Nur Amy.« Er nahm einen großen Schluck von dem Drink, den er sich bestellt hatte, während ich weg gewesen war.

Ich hörte Amy Adams zu, die gerade das Ende eines weiteren Songs erreichte. Ja, ihre Stimme war ganz fraglos dünn. Hatte sie Persönlichkeit? Flair? Sie erschien mir rank und schlank, hatte neutral braunes, kurzes Haar. Sahen andere etwas in ihr, das mir vielleicht entging?

Ich sah Wister an einer Wand stehen – er hatte offensichtlich im Augenblick nichts zu tun. Ich entschuldigte mich und ging zu ihm hin. »Hat die Damentoilette ein Fenster?«

Er dachte mit gefurchter Stirn nach. »Ich glaube ja. Aber um die Wahrheit zu sagen, ich kann mich nicht erinnern, jemals dort drin gewesen zu sein. Warum wollen Sie das wissen?«

»Ich bin sicher, daß der Mord nichts mit dem Syndikat zu tun hatte. Der Killer war ein Amateur, sozusagen, und er war ganz und gar nicht hinter McGeorge her.«

»Also hinter Cullen? Aber er hat doch ›McGeorge‹ gerufen.« Wister rieb sich das Kinn. »Ein Ablenkungsmanöver? Er wußte, daß McGeorge hier war, oder glaubte zumindest, daß er hier sei? Er hatte beobachtet, wie McGeorge den ›Blauen Sittich‹ betrat?«

»Wenn dem so war, warum hat er dann fünfundvierzig Minuten gewartet, bevor er reingegangen ist und Cullen erschossen hat? Nein, der Killer wartete fünfundvierzig Minuten, bis er sicher war, daß McGeorge und seine Leibwächter *nicht* mehr drin waren. Er durfte nicht riskieren, daß einer von denen eine Pistole ziehen und in der allgemeinen Verwirrung zurückfeuern würde. Unglücklicherweise, von seinem Standpunkt aus gesehen, wußte er nicht, daß gerade ein Polizist außer Dienst in der Bar saß.«

»Der hat gesehen, wie McGeorge gegangen ist?«

»Ja.«

»Dann muß er die Rückseite des Gebäudes beobachtet haben.«

»Nein. Wenn er McGeorge zunächst gefolgt war und ihn die Bar an der Vorderseite hatte betreten sehen, dann konnte er logischerweise erwarten, daß er auch dort wieder herauskommen würde. Aber McGeorge und seine Freunde gingen durch die Hintertür. Der Mörder hätte nicht wissen können, daß McGeorge weg war, wenn er noch vor dem Haus gewesen wäre. Deshalb komme ich zu dem Schluß, daß er weder vor noch hinter dem Gebäude gewartet hat.«

»Aber wo war er dann?«

»Hier drin, hier in der Bar des ›Buntkarierten Sittich‹.«

»Im ›Blauen Sittich‹.« Wisters Blick ruhte auf Rodell, der noch immer an meinem Tisch saß. »Rodell hat ausgesagt, er sei auf der Toilette gewesen. Aber hätte das auch die Damen ...«

Ich nickte. »Das Fenster der Herrentoilette ist solide vergittert. Ich weiß nicht, wie das beim Fenster der Damentoilette aussieht, aber ich habe so einen Verdacht, daß Rodell da rausgeschlüpft und zum Vordereingang gerannt ist, Cullen erschossen und dann kehrtgemacht hat, um auf demselben Weg in das Gebäude zurückzukehren, auf dem er es verlassen hatte.«

»Werden Sie ihn festnehmen?«

»Ich kann einfach kein Motiv erkennen«, sagte ich. »*Warum* hat er Cullen umgebracht? Und da spukt mir noch etwas im Kopf herum, das ich aber momentan noch nicht dingfest machen kann.«

Ich kehrte an meinen Tisch zurück, nachdem ich Wister noch gebeten hatte, mal die Damentoilette in Augenschein zu nehmen, sollte sich eine Möglichkeit dazu ergeben.

Rodell sah zu, wie ich mich setzte. »Sie werden den Mörder nie finden. Er ist inzwischen wahrscheinlich schon tausend Kilometer weit weg.«

»Es war kein Syndikatsmord«, sagte ich. »Und der Mörder hatte es nicht auf McGeorge abgesehen.«

Rodell schien diese Information auf sich wirken zu lassen. »Ich habe da gerade an was gedacht. Angenommen, McGeorge war selbst der Schütze? Was für ein besseres Alibi könnte er haben, will ich mal sagen, als hier reinzukommen, ›McGeorge‹ zu brüllen, als suche er wirklich den McGeorge, und dann Cullen zu erschießen? Der letzte, an den die Polizei denken würde, wäre doch McGeorge.«

Ich starrte ihn an. »Wenn er den Tod Cullens gewollt hätte, hätte er den Job leicht durch einen anderen erledigen lassen können. Und welchen Grund könnte er gehabt haben, Cullen umbringen zu wollen?«

Rodell zuckte die Achseln. »Das weiß ich nicht. Vielleicht war's was Persönliches, und er wollte sich das Vergnügen nicht nehmen lassen, die Sache ganz allein zu erledigen.«

Ich trommelte mit den Fingern auf den Tisch. Das *war* ein neuer Gesichtspunkt!

Rodell tat einen langen Zug aus seinem Glas. »Es hätte ja auch ich sein können.«

»Was hätten Sie sein können?«

»Ich hätte dort auf dem Boden liegen können, ich anstelle von Cullen. Das war nämlich mein Barhocker. Ich hatte gerade ausgetrunken und mußte mal raus aufs Klo. Cullen muß reingekommen sein, während ich draußen war, und hat sich dann auf meinen Hocker gesetzt.« Ihm kam ein neuer Gedanke, so daß er erbleichte und seinen Drink verschüttete. »Warum sollte McGeorge *mich* erschießen wollen?«

Im Hintergrund war mal wieder Amy Adams zugange. Verdammt noch mal, merkte diese Frau denn gar nicht, wenn sie überflüssig war?

Ich sah Rodell dabei zu, wie er seinen Mantel und seine Hose mit einem Taschentuch abrieb.

Ich schloß ganz kurz die Augen und erhob mich dann. Ich suchte und fand Wister.

»Haben Sie ein Motiv entdeckt?« fragte er.

»Ja.«

»Werden Sie Rodell festnehmen?«

»Das hätte ich schon tun können, nur: Wo hat er das Extrapaar Hosen her?«

»Extrapaar Hosen? Was für Hosen?«

»Als der Killer flüchtete, verpaßte ihm Officer Campbell noch einen Streifschuß am Hintern, wobei er ihm zweifellos den Hosenboden kaputt gemacht hat, nicht zu vergessen die Unterhosen. Und wahrscheinlich hat er ihm auch einen körperlichen Schaden zugefügt. Der Killer hätte sofort all die Dinge benötigt, die sich in einer Toilette befinden, vielleicht auch noch Verbandszeug, mit Sicherheit aber eine andere Hose. Auf die Unterhose hätte er, nehme ich mal an, verzichten können, handelte es sich doch um eine Notsituation. Also, wo könnte Rodell diese Ersatzhose so schnell herbekommen haben?«

Wister räusperte sich. »Neben meinem Büro ist noch eine Toilette. Und er könnte die Hosen aus meinem Büro geklaut haben.«

»Aber er hätte sie nicht anziehen können. Er ist ein ziemlich schwerer Mann. Ihre Hosen hätten ihm ganz offensichtlich nicht richtig gepaßt, und wir hätten es bemerkt.« Ich lächelte. »Hätten Sie wohl etwas dagegen, sich zur Fortsetzung unseres Gesprächs zu setzen?«

Er schien mir ein bißchen mürrisch geworden zu sein. »Ich stehe lieber.«

Fast hätte ich mit dem Finger auf ihn gezeigt. »*Sie*, Sir, haben McGeorge und seine Leibwächter zur Hintertür hinausbegleitet. Sie warteten sodann, bis sie außer Sichtweite waren, rannten dann zur Vorderseite des Gebäudes, erschossen Cullen und kehrten in Ihr Büro im rückwärtigen Teil des Hauses zurück. Dort versorgten Sie in aller Eile Ihr Hinterteil, wechselten die Hosen und waren ein paar Augenblicke vor Eintreffen der Streifenwagen bei den entsetzten Gästen. Der Raum ist ja ziemlich dämmrig, und nach allem, was die Anwesenden wußten, waren Sie während des ganzen Vorfalls irgendwo im Hintergrund zugegen gewesen. Niemand zählte die Anwesenden durch. Und im übrigen gingen alle, die Polizei eingeschlossen, davon aus, daß der Mörder von draußen hereingekommen war. Es schien keinen Anlaß zu geben, irgend jemanden hier im Hause zu verdächtigen.«

»Das ist doch lächerlich«, brauste Wister auf. »Was für einen Grund sollte ich wohl haben, den Cullen umzubringen?«

»Cullens Tod war tatsächlich ein Unfall. Ihr eigentliches Opfer hieß Rodell, aber das Licht war schlecht. Sie wußten wahrscheinlich gar nicht, daß Sie statt seiner Cullen erschossen hatten, sondern erfuhren das erst später. Als Sie Rodell das letzte Mal sahen, saß er auf einem ganz bestimmten Barhocker, und als Sie zur Vordertür hereinkamen, gingen Sie davon aus, daß er noch auf ebendiesem Hocker säße.«

»Und weshalb hätte ich Rodell umbringen wollen?«

Ich lächelte. »Wie man's auch dreht und wendet, Amy Adams hat nun mal eine Stimme, die sich durch absolut gar nichts auszeichnet. Und doch haben Sie sie für drei Monate engagiert. Normalerweise wird ein Unterhaltungskünstler doch nur für zwei oder drei Wochen verpflichtet, dann zieht er wieder weiter. Warum haben Sie Amy so lange gehalten?«

»Das geht Sie gar nichts an.«

»Ich vermute, Sie haben die Pistole, die zerrissene Hose und alles übrige noch nicht verschwinden lassen, zumal Sie sich so sicher wähnten? Dem Mordanschlag war ja Cullen zum Opfer gefallen, und niemand würde ihn je in irgendeiner Weise mit Ihnen in Verbindung bringen können, nicht wahr?«

»Ich möchte meinen Anwalt sprechen.«

Ich nickte. »Und ich nehme an, daß Amy Adams auch einen braucht? Sie ist doch Ihre Komplizin, oder nicht? Wenn wir sie erst mal in die Mangel genommen, verhört, befragt, gejagt und beleidigt haben, wird, so denke ich, die Wahrheit schon ans Tageslicht kommen.«

Ganz meinen Erwartungen entsprechend, gewann der Gentleman in ihm die Oberhand. »Sie hat mit all dem nicht das geringste zu tun. Es war alles einzig und allein meine Idee. Rodell ist ein Säufer und Blutsauger, aber sie will ihn einfach nicht verlassen.« Er seufzte und blickte sehnsuchtsvoll auf einen in seiner Nähe stehenden Stuhl. »Ich wünschte wirklich, ich könnte mich setzen. Ich bin schon den ganzen Tag auf den Beinen.«

Am nächsten Morgen um neun kaufte ich ein Feuerzeug und ging zur nächsten Telefonzelle. Ein bißchen ängstlich und erwartungsvoll zugleich wählte ich Doras Nummer.

»Wie sind Sie an meine Telefonnummer gekommen?« wollte sie wissen.

»Ich habe sie ganz zufällig auf einem Ihrer Apparate gesehen, als ich das letzte Mal bei Ihnen war. Ich rufe an, weil ich gerade entdeckt habe, daß ich gestern beim Fortgehen aus Versehen Ihr Feuerzeug eingesteckt habe.«

»Es kann aber gar nicht meins sein. Ich rauche nicht.«

»Gehört es vielleicht Ihrem Vater?«

»Der raucht ebenfalls nicht.«

»Hannigan? Freddie? Eddie?«

»Nix da.«

»Sie wollen sagen, ich hätte zwölf Dollar fünfzig für ein Feuerzeug ausgegeben, das niemand als das seine zurückbekommen will?«

»Ich fürchte ja. Wenn Sie dafür aber mal in der rechten Tasche Ihres Jacketts nachschauen wollen, werden Sie dort eins meiner Lieblingslesezeichen finden, und ich habe nicht den leisesten Schimmer, wie das dort hineingekommen ist.«

»Ich werde es mal auf Fingerabdrücke hin untersuchen lassen.«

»Das wird nicht nötig sein. Geben Sie's einfach zurück, und die Sache ist vergessen.«

Ich war in zwanzig Minuten bei ihr.

Variationen zu einem Plan

Es erschien ganz natürlich, daß meine erste Frage lautete: »Wie alt sind Sie?«

Pomfret strahlte. »Ich werde im Juli zweiundsiebzig.«

Ich sah ihn streng an. »Damit sind Sie doch wohl alt genug, um sich im klaren darüber zu sein, daß Mord keine Lösung ist.«

Er dachte über meine Worte nach. »Das ist eine sehr starke Verallgemeinerung, die so nicht zutreffend ist. Wie auch immer, ich bin bereit, eine Aussage zu machen. Ich habe Andrew Ferguson erschossen. Praktisch war's ein Unfall. Der Revolver hatte einen Stecher, und das wußte ich nicht.«

Ich deutete auf den Revolver, der auf dem Schreibtisch lag. »Meinen Sie diese Waffe da?«

Er nickte. »Sie gehört Mr. Ferguson. Oder gehörte ihm, als er noch am Leben war. Sie lag in der Schreibtischschublade, und ich sah sie mir gerade an, als er hereinkam und mich überraschte. Irgendwie geriet ich an den Abzug, und da ging das verdammte Ding los. So was kann eben passieren.«

Ich schüttelte traurig den Kopf. »Sie waren also gerade dabei, Ihren Arbeitgeber zu berauben?«

»So könnte man es sagen. Mr. Ferguson, sein Neffe Rudolph, seine Nichte Henrietta und dieser Rechtsanwalt, Quinlan, spielten im Wohnzimmer Bridge, wie sie das fast jeden Abend tun. Also schlich ich mich hier ins Arbeitszimmer, weil ich wußte, daß er immer ein bißchen Bargeld in dieser Schreibtischschublade liegen hat. Ich wollte das Geld und noch ein paar andere Dinge an mich nehmen und dann die Terrassentür offenlassen, damit's so aussieht, als sei eingebrochen worden.«

Mein Kollege Ralph hatte Notizen gemacht. »Sie waren der Gärtner von Mr. Ferguson?«

Pomfret nickte. »Seit drei Monaten.«

Ralph blickte auf. »Drei Monate? Wo haben Sie davor gearbeitet?«

»Ich war Chefgärtner der Insassen des Staatsgefängnisses. Ich hab da über fünfzig Jahre abgesessen.«

Ich sah ihn ungläubig an. *»Fünfzig Jahre?«*

Er lächelte. »Ich hab 'nen Bullen umgebracht. Das war auch so 'ne Art Unfall, wie das hier. Von Rechts wegen hätte mir der Richter lebenslänglich verpassen müssen, womit ich nach zwölf Jahren und acht Monaten für eine vorzeitige Haftentlassung in Frage gekommen wäre. Aber er hatte es mit dem Mord an Polizisten, und deshalb bekam ich neunundneunzig Jahre. Ich hatte fünfzig davon abgesessen, als mich eines Tages wie aus heiterem Himmel der Oberaufseher zu sich rief und sagte, ich sei ein freier Mann. Das alles verdankte ich Mr. Ferguson, der im Begnadigungsausschuß saß und von meinem Fall gehört hatte. Er gab mir dann auch den Job als sein Gärtner.«

Ich war noch immer ein bißchen erstaunt. »Und das also ist die Art und Weise, wie Sie es Ihrem Wohltäter vergelten? Indem Sie ihn umbringen?«

»Das belastet mein Gewissen sehr«, gestand er ein, zuckte dann aber die Achseln. »Nachdem ich Mr. Ferguson erschossen hatte, geriet ich in Panik, ließ den Revolver fallen und rannte durch die Terrassentür raus ... direkt in die Arme von Mr. Rudolph Ferguson.«

Ich blickte zu Rudolph Ferguson hinüber. Er mußte so Ende Dreißig sein, war ziemlich hager und schlaksig.

Er ergriff jetzt das Wort. »Wir beendeten unser Bridgespiel früher als sonst. Ich wählte die Abkürzung über die Terrasse zum Ostflügel, wo meine Zimmer sind, da hörte ich den Schuß und sah, wie Pomfret aus dem Arbeitszimmer gestürzt kam. Er rannte genau in mich rein und faselte was von meinem Onkel und daß er ihn erschossen hätte. Deshalb gingen wir hierher zurück, und richtig, er hatte es allem Anschein nach tatsächlich getan.«

Ich wandte mich wieder Pomfret zu. »Um noch mal einen Schritt zurückzugehen, wie glaubten Sie denn, Sie, ein erst kürzlich aus dem Zuchthaus entlassener Sträfling, mit diesem Diebstahl an Ihrem Arbeitgeber durchkommen zu können? Sie wären doch mit Sicherheit immer der erste gewesen, den man verdächtigt hätte, ganz unabhängig von dem Versuch, alles so aussehen zu lassen, als sei es das Werk eines Einbrechers gewesen?«

Pomfret war anderer Meinung. »Versetzen Sie sich doch mal in die Lage meines Wohltäters. Sie haben gerade eine Menge Ärger auf sich genommen, um einen Langjährigen wie mich, der ein halbes Jahrhundert im Knast gesessen hat, da rauszuholen. Sie haben mir sogar einen Job sowie Kost und Logis verschafft. Wäre es Ihnen möglich sich vorzustellen, ich könnte derart undankbar sein und mich gegen Sie wenden, Ihre Sachen stehlen? Natürlich nicht. Sie würden sich sogar schuldig fühlen, wenn Sie so etwas dächten. Sie würden folglich zu dem Schluß kommen, daß es ein Einbrecher gewesen sein mußte.« Er lächelte in die Runde. »Tja, Leute, ich bin zum Aufbruch bereit.«

Ich nahm Ralph beiseite. »Ralph, an der Sache ist mehr dran, als es auf den ersten Blick scheinen will.«

Er zuckte die Achseln. »Für mich sieht das alles ganz nach dem Üblichen aus.«

»Ralph, wie viele unserer Mordfälle sind denn wirklich Routinesachen?«

»Ungefähr fünfundneunzig Prozent.«

»Die Statistiken erzählen aber auch nur die halbe Wahrheit, Ralph. Ich würde noch gern mit den anderen Beteiligten sprechen.«

Wir nahmen Rudolph Ferguson mit in einen Winkel des großen Raumes.

»Mr. Ferguson«, fragte ich, »war Ihr Onkel ein wohlhabender Mann?«

Die Frage war natürlich überflüssig. Das Haupthaus und seine beiden Flügel mußten gut dreißig Zimmer aufweisen, und das alles lag inmitten eines mindestens fünf Morgen großen, landschaftsgärtnerisch gestalteten Anwesens.

»Hm, ja«, sagte Rudolph. »Als das Thema Geld zum letzten Mal zur Sprache kam, äußerte er, glaube ich, daß er so um die fünfzehn Millionen besitze.«

»Und wer sind seine Erben?«

»Man hat mich immer glauben lassen, daß meine Schwester Henrietta und ich uns neunzig Prozent des Vermögens teilen und daß zehn Prozent an Jason gehen würden.«

»Jason?«

»Jason Quinlan. Er ist der Anwalt meines Onkels und ein Freund der Familie.«

»Wie alt sind Sie, Mr. Ferguson?«

»Neununddreißig.«

»Wie alt war Ihr Onkel?«

»Sechsundfünfzig.«

»Und war er gesund?«

»Ja, sehr gesund.«

»Er hätte möglicherweise auch hundert Jahre alt werden können?«

»Möglicherweise.«

»Ich nehme an, daß Sie über eigenes Geld verfügen?«

»Eigentlich nicht. Ich bin dritter Vizepräsident einer der Firmen meines Onkels und lebe von meinem Gehalt.«

Ich nahm Ralph erneut beiseite. »Er wurde durch die Anstalt geprägt.«

»Wer? Ferguson?«

»Nein, ich meine Pomfret. Er hat fünfzig Jahre im Zuchthaus gesessen. Fünfzig Jahre seines Lebens wurden hinter Gittern geformt. Ihm wurde gesagt, wann er aufzustehen habe, wann er ins Bett gehen müsse, was er anziehen solle, wie und wann er seine Sachen zu tragen habe. Ihm wurde gesagt, was er essen solle, wo und wann.«

Ralph nickte. »Klingt vertraut. Wenn du erst mal einen festen Job hast, weißt du, wann du aufstehen mußt und wann essen und ...«

»Ralph«, sagte ich, »Pomfret verbrachte im Zuchthaus am Anfang fraglos viele schlaflose Nächte und wünschte sich verzweifelt, seiner Gefangenschaft entfliehen zu können. Aber ich nehme an, daß nach zwanzig oder dreißig Jahren die Sehnsucht nach der Welt draußen eher zu einer reinen Formsache geworden war.«

»Er wollte also gar nicht wirklich aus dem Gefängnis raus?«

»Er *dachte*, er wolle es, aber als man ihn dann ganz überraschend entließ, wurde ihm klar, daß er in der Welt draußen verloren war. Er hatte einfach zu lange im Knast gesessen. Er vermißte die Sicherheit, die Routine, die Freunde und die Kameradschaft, alles, was das Gefängnis ihm geboten hatte.«

»Willst du damit sagen, daß Pomfret Ferguson bloß umgebracht hat, weil er wieder rein wollte? Daß er gefaßt werden wollte?«

»Nun ja, vielleicht war der Mord ja tatsächlich ein Unfall. Eigentlich sollte ihn der Diebstahl ins Gefängnis zurückbringen. Dir wird nicht entgangen sein, daß Pomfret keine Handschuhe trug. Zweifellos hat er mit voller Absicht überall im Arbeitszimmer Fingerabdrücke hinterlassen. Und da Ferguson höchstwahrscheinlich – trotz all des Wohltätergeredes – die Polizei rufen würde, würde die ihm die Fingerabdrücke abnehmen und Vergleiche anstellen. Und er würde wieder ins Kittchen wandern, wo er so gern sein möchte.«

»Warum dann Ferguson töten?«

»Wie ich schon sagte, das könnte tatsächlich ein Unfall gewesen sein. Pomfret war überrascht, richtete die Waffe ganz automatisch auf den Hereinkommenden, und der Schuß ging los.«

»Gut«, sagte Ralph, »das klingt einleuchtend. Bringen wir Pomfret also ins Präsidium und lochen ihn ein.«

Ich rieb mir das Kinn. »Andererseits schadet es vielleicht auch nichts, hier noch ein paar weitere Fragen zu stellen.«

Wir baten Jason Quinlan in eines der Vorzimmer.

Quinlan war etwa Mitte Vierzig und hatte einen vollen, dunklen Schnurrbart.

»Sie waren der Anwalt von Mr. Ferguson?« fragte ich.

Er nickte. »Und außerdem sein Buchhalter, Berater, langjähriger Freund und nun auch Testamentsvollstrekker.«

»Wie ich höre, war Ferguson ein wohlhabender Mann. So um die fünfzehn Millionen schwer.«

»Das ist richtig.«

»Und was wären zehn Prozent von fünfzehn Millionen?« erkundigte ich mich schlau.

»Eine Million und fünfhunderttausend Dollar.«

»Und warum hinterläßt Ferguson Ihnen so viel Geld?«

»Weil ich sein Anwalt, Buchhalter, Berater, langjähriger Freund war und jetzt sein Testamentsvollstrecker bin.«

»Wie war der Gesundheitszustand von Andrew Ferguson?«

»Hervorragend, würde ich sagen.«

»Er hätte gut auch hundert Jahre alt werden können?«

»Wenn er's wirklich versucht hätte, ja.«

»Ich nehme an, daß Sie selbst auch einigermaßen gutsituiert sind?«

»Ganz und gar nicht. Ich habe mich hoch verschuldet, und dann sind da auch noch meine Wettverluste.« Sein Gesicht erhellte sich. »Anderthalb Millionen Dollar sind mir ganz ohne Frage höchst willkommen.«

»Was wissen Sie über Pomfret?«

»Tja, ich weiß, daß er ein Ex-Häftling ist. Trotzdem war er ganz nett, den Vorfall heute abend ausgenommen.«

»Machte er den Eindruck, daß er hier glücklich war? Zufrieden? Fröhlich?«

Quinlan dachte nach. »Seit einem Monat oder so schien er ein wenig bedrückt zu sein. Sagte irgendwas, daß er all seine Freunde vermisse, die er dort im Knast gehabt hatte.«

Ich zog Ralph in eine Ecke. »Angenommen, du wolltest jemanden umbringen, hättest aber nicht den Mumm, die Tat selbst zu begehen. Was würdest du dann höchstwahrscheinlich tun, mal von einer Aufgabe des Plans abgesehen?«

»Einen anderen für den Mord anheuern.«

»Genau, Ralph!«

»Aber Henry! Willst du damit sagen, daß Pomfret von irgend jemandem hier *angeheuert* wurde, daß er Ferguson umbringen und sich notfalls auch dafür verurteilen lassen sollte?«

»Wieso nicht? Da haben wir einen Mann, der in Fergusons Testament bedacht wird, und der bemerkt Pomfrets Niedergeschlagenheit, findet ihren Grund heraus. Pomfret wäre viel lieber wieder im Gefängnis, also sagt der im Testament Bedachte zu ihm: ›Pomfret, ich weiß einen Weg, wie Sie wieder ins Gefängnis kommen und gleichzeitig mir einen Riesengefallen tun können!‹ «

»Das ist aber ziemlich weit hergeholt, Henry. Pomfret könnte sich doch jederzeit selbst wieder ins Gefängnis bringen, indem er einfach einen Ziegelstein in eine Fensterscheibe reinschmeißt.«

»Da bleibt immer noch das Prestige, Ralph.«

»Prestige?«

»Aber ja doch. Pomfret war im Zuchthaus gelandet, weil er einen Polizisten umgebracht hatte. Du und ich, wir finden beide nichts Bewunderungswürdiges an einem Polizistenmord, aber viele Inhaftierte teilen diese unsere Auffassung nicht. Ich könnte mir vorstellen, daß Pomfret dort im Knast eine gewisse soziale Stellung hatte, die ihm wohl nicht nur aufgrund seines fortgeschrittenen Alters zugefallen war. Nein, er mußte wieder als Mörder ins Zuchthaus kommen, oder er würde einen beträchtlichen Verlust an Ansehen hinnehmen müssen. Einen Ziegelstein in eine Scheibe schmeißen, nein, das würde nicht ausgereicht haben. Und trotz der vorhin von mir angestellten Erwägung hätte auch ein simpler Diebstahl nicht gereicht. Es mußte Mord sein, Ralph. Mord.«

Ralph blickte ein Weilchen angelegentlich zur Decke empor. »Henry, wenn du einen Killer anheuern wolltest, würdest du dich dann an jemanden wenden, der schon zweiundsiebzig Jahre alt ist?«

»Das würde ich, wenn der als einziger zur Verfügung stünde, wenn er der einzige Mensch wäre, von dem ich *wüßte*, daß er's tun würde.« Ich dachte angestrengt nach. »Immerhin gibt's auch noch eine andere Möglichkeit, Ralph. Angenommen, Pomfret hat die ganze Sache tatsächlich selbst angefangen. Nachdem er sich einmal darüber klar geworden war, daß er ins Zuchthaus zurück wollte und daß es ihm gleichgültig war, wen er zu diesem Zweck ermordete, wandte er sich an eine der von Ferguson in seinem Testament bedachten Personen und unterbreitete ihr sein Angebot: Er würde Ferguson umbringen und sogar alle Schuld auf sich nehmen.«

»Aber was für einen Anreiz hätte es für Pomfret geben können, jemandem einen Gefallen damit zu erweisen, daß er Ferguson ermordete? Geld? Wein? Weib? Gesang? Pomfret würde doch wieder in den Knast wandern, wo sie das meiste davon konfiszieren.«

»Wahrscheinlich war es das Geld«, sagte ich nachdenklich. »Geld, das Pomfret ganz uneigennützig ausgeben konnte. Ich vermute, daß wir bei einer Ausleuchtung dieses Hintergrundes auf einen innig geliebten Menschen stoßen würden, der von seiner Wohltätigkeit gewaltig profitieren könnte.«

Wir kehrten ins Arbeitszimmer zurück.

»Pomfret«, sagte ich, »Sie sind im Zuchthaus gelandet, weil Sie einen Polizisten ermordet haben. Wie standen Ihre Mithäftlinge zu Ihnen?«

Sein Gesicht erhellte sich. »Ich war was echt Wichtiges.

Zu Mördern schaut man auf. Besonders zu Polypenkillern.«

Ich nickte. »Haben Sie noch irgendwelche lebenden Verwandten?«

»Nicht daß ich wüßte.«

Ich blieb beim Thema. »Vielleicht jemanden, den Sie fast schon vergessen hatten, an den Sie sich jetzt aber wieder erinnert haben? Irgendeine kleine Großnichte, einen Großneffen, die oder der eine teure medizinische Versorgung braucht, sie sich aber nicht leisten kann?«

Pomfret schüttelte den Kopf. »Niemand. Außerhalb des Knasts kenn ich keine Menschenseele.«

Rudolph Ferguson hatte uns zugehört. »Wer war dieser grauhaarige alte Mann, der Sie im vergangenen Monat besucht hat?«

»Das war Humpel O'Rourke. Er wurde ungefähr zur gleichen Zeit entlassen wie ich.«

Ich schaltete mich ein. »Humpel O'Rourke? Warum wird er Humpel genannt?«

»Wegen seinem Bein. Er hat sich's beim Baseball gebrochen, am zweiten Mal, als wir 1943 gegen das Staatsgefängnis von Ohio spielten. Es ist nie wieder richtig zusammengewachsen.«

»Ah«, sagte ich ruhig, »und zweifellos würde eine Operation, eine *teure* Operation, den Schaden beheben, so daß er wieder richtig laufen könnte?« Ich lächelte. »Sie würden für Humpel alles tun, nicht wahr?«

»Nein.«

Ich formulierte meine Frage anders. »Sie würden alles für ihn tun, vorausgesetzt, es würde nicht grundlegend mit dem in Konflikt geraten, was in erster Linie zu tun Sie bereits entschlossen waren?«

Er dachte zehn Sekunden lang mit gefurchter Stirn darüber nach und sagte dann: »Ich glaube nicht, daß eine Operation Humpel viel bringen würde.«

»Warum nicht?«

»Er ist vor zwei Wochen gestorben, im Schlaf. Eines natürlichen Todes. Ich war bei der Beerdigung.«

Ich kam zu dem Schluß, daß es an der Zeit sei, Henrietta Ferguson zu befragen.

Sie war fast genauso groß und knochig wie ihr Bruder. Ich vermutete, daß sie so etwa Mitte Dreißig war.

»Sie und Ihr Bruder wohnen hier im Haus?«

»Ja.«

»Und Sie sind beide unverheiratet?«

»Ja.«

»Haben Sie Ihren Onkel gemocht?«

»Er hatte seine guten Seiten.«

»Aber nun weilt er nicht mehr unter uns«, sagte ich. »Und Sie sind ... sagen wir mal ... endlich frei?«

Sie lächelte. »Das können Sie aber laut sagen. Sobald ich herausgefunden haben werde, wieviel Geld mir die Regierung zu behalten erlaubt, bin ich auf und davon und mache eine Weltreise. Vielleicht komme ich auch nie mehr zurück.«

»Haben Sie irgendwelches eigenes Geld? Abgesehen von dem erwarteten Erbteil?«

»Onkel Andrew hat mir ein wöchentliches Taschengeld gezahlt. Ich glaube, ich habe augenblicklich so was wie siebenunddreißig Dollar auf meinem Konto.«

»Angenommen, Ihr Onkel hätte noch dreißig Jahre weitergelebt. Wie hätte dann Ihre Zukunft ausgesehen?«

»Ich wäre wahrscheinlich noch hier und spielte so gut wie jeden Abend Bridge.«

»Wann haben Sie das letzte Mal mit Pomfret gesprochen? Ich meine, vor dem Mord.«

Sie dachte nach. »Heute am späten Nachmittag, als wir vom Schießstand zurückkamen.«

Ich war überrascht. »Schießstand?«

»Ja. Der ist hinter dem Gewächshaus. Wir waren heute nachmittag eine Stunde lang dort.«

»Wir? Wer gehörte alles zu diesem ›wir‹? Ihr Bruder? Jason Quinlan? Ihr verstorbener Onkel?«

»Ja.«

Ich lächelte matt. »Und wer hat den Vorschlag gemacht, Sie alle sollten am Nachmittag zum Schießstand gehen?«

Sie dachte mit umwölktem Blick nach. »Ich glaube, es war Onkel Andrew. Aber ich kann mich nicht mehr genau erinnern. Warum?«

Ich nahm Ralph beiseite.

»Wir haben es hier mit einem gewieften Gegenspieler zu tun, Ralph. Man muß ihn fast bewundern. Oder sie. Oder sie Plural. Das ist wirklich eine Herausforderung, die einem das Blut schneller durch die Adern treibt.«

»Was redest du denn da, Henry?«

»Das wirft ein ganz neues Licht auf die ganze Lage und beweist eindeutig, daß es sich um einen vorsätzlichen Mord handelt.«

»Ich kann dir nicht folgen, Henry.«

»Siehst du denn nicht, wie teuflisch schlau unser Mörder ist? Der Schießstand! Heute nachmittag gingen sie alle *zufällig* zu Schießübungen hinaus. Unser Mörder, der wußte, daß die Polizei ganz zweifellos die Hände aller Leute hier auf Pulverspuren hin untersuchen würde, richtete es mit Geschick so ein, daß *alle* naheliegenden Tatverdächtigen am Nachmittag auf dem Schießstand dabei waren. Auf diese Weise würde er, wenn er dann den Mord begangen hatte, nicht dadurch auffallen, daß er der einzige wäre, der belastende Spuren an seinen Händen hätte.«

Ralph und ich wiesen die Leute von der Spurensicherung an, die Hände aller auf Pulverspuren hin zu untersuchen.

Dann traten Ralph und ich auf die Terrasse hinaus, um das Ergebnis abzuwarten.

»Du glaubst also, daß einer der drei Testamentserben Andrew Ferguson ermordet hat, Pomfret dann zufällig dazwischengekommen ist und beschlossen hat, sich das zunutze zu machen?«

»Ja, ich glaube, daß das die Antwort ist, Ralph. Obwohl es natürlich auch noch andere Möglichkeiten gibt.«

»Zum Beispiel?«

»Ferguson könnte auch Selbstmord begangen haben.«

»Warum zum Henker hätte Ferguson Selbstmord begehen wollen? Niemand hat ausgesagt, er sei deprimiert gewesen oder irgendwas in der Art.«

»Man darf niemals einfach aus dem Verhalten einer Person auf ihre geistige Verfassung schließen! Es gibt aber auch noch eine andere Möglichkeit. Ferguson könnte von einem Eindringling ermordet worden sein, von einem Einbrecher, den er auf frischer Tat ertappt hatte, und Pomfret, der den Schuß gehört hatte, erschien auf dem Schauplatz und schlachtete die Situation schnell zu seinem eigenen Vorteil aus.« Ich ging eine Weile auf den Steinfliesen der Terrasse auf und ab. »Andererseits, Ralph ... mal angenommen, der Eindringling war gar kein Einbrecher, sondern ein Killer, den einer der Testamentserben angeheuert hatte. Er sollte es so aussehen lassen wie einen Einbruch mit Mord, aber Pomfret kam dazwischen und vermasselte das Drehbuch. Vielleicht hat Rudolph Ferguson den Killer angeheuert.

Oder Henrietta. Oder Quinlan. Oder Henrietta und Quinlan. Oder Rudolph und Quinlan. Oder Henrietta und Rudolph. Oder vielleicht hatten alle drei etwas beigesteuert, um das Geld für den Killer zusammenzubekommen.«

Mein Gesichtsausdruck zeigte Entschlossenheit. »Ich werde den Auftraggeber des Killers, wer immer er oder sie oder sie Plural sein möge oder mögen, festnageln, und wenn ich den ganzen Sommer dazu brauche!«

»Henry«, sagte Ralph, »wenn einer, zwei oder alle drei einen Killer angeheuert haben, wozu dann dieser ganze Blödsinn mit dem Schießstand und den Pulverspuren an allen Händen?«

Ich schnippte mit den Fingern. »Donnerwetter, Ralph, du hast recht! Das wäre gänzlich unnötig gewesen. Und doch *wurde* es gemacht. Die einzige Schlußfolgerung kann also nur sein, daß gar kein Killer angeheuert wurde. Und der Mörder war auch kein ertappter echter Einbrecher.« Ich schüttelte den Kopf. »Nein, Ralph, einer von unseren drei Tatverdächtigen hat Ferguson umgebracht.«

Nach einer scheinbar ewig langen Zeit kam Wilson, der Chef der Spurensicherung, mit dem Ergebnis des Schießpulvertests zu uns heraus.

»Wilson«, sagte ich, »ich kann Ihnen genau sagen, was Sie gefunden haben. Es waren an allen Händen Pulverspuren, nur an denen von Pomfret nicht.«

Wilson schüttelte den Kopf. »Nein. Wir haben haufenweise Pulverstaub an Pomfrets Händen gefunden.«

Ich runzelte die Stirn. »Sind Sie sicher, daß das, was Pomfret an den Händen hat, wirklich Pulverstaub ist?«

Wilson nickte.

Da ging mir ein Licht auf. »Aber natürlich! Pomfret muß mit den anderen auf dem Schießstand gewesen sein. Als

Henrietta sagte, sie wären alle beim Schießen gewesen, bin ich selbstverständlich davon ausgegangen, daß Pomfret nicht dabei war, denn bei ihm handelte es sich ja um einen Bediensteten des Hauses. Offensichtlich hatte er jedoch eine bevorzugte Stellung. Oder der Mörder zog ihn mit in die Sache hinein, um die Zahl der Tatverdächtigen zu erhöhen.«

Wilson räusperte sich. »Pomfret ist der *einzige* im ganzen Haus, der Pulverspuren an den Händen hat.«

Mir blieb der Mund offenstehen. »Keinerlei Pulverspuren an den Händen der anderen? Nur an Pomfrets Händen? Aber das ist unmöglich.«

Ich ging entschlossenen Schrittes ins Arbeitszimmer zurück und trat vor Henrietta. »Sie haben ganz eindeutig ausgesagt, daß Sie alle heute nachmittag zum Schießstand gegangen sind. Wie zum Teufel wollen Sie dann die Tatsache erklären, daß keiner von Ihnen Pulverspuren an den Händen hat?«

Henrietta dachte über meine Frage nach. »Ich nehme an, das liegt daran, daß wir mit Pfeil und Bogen geschossen haben. Es ist ein Schießstand für Bogenschützen.«

Ich blickte zum Porträt des verstorbenen Andrew Ferguson hinauf, das über dem Kamin hing. Im wirklichen Leben hätte ich ihn wohl herzlich verabscheut. Die Augen zu dicht beieinander. Der Mund zu schmal. Das Kinn ausgesprochen schwach.

Pomfret ergriff das Wort. »Ich bin diese Rumsteherei langsam müde. Wann werde ich nun endlich ins Präsidium gebracht?«

Wir fuhren mit Pomfret in die Stadt, wo ich darauf bestand, daß er einer Überprüfung durch den Lügendetektor unterzogen würde. Den Resultaten zufolge sagte Pomfret (wenn man der Aussage dieser irren Apparate denn Glauben schenken darf), was den Tod von Andrew Ferguson und den Hergang der Tat anbetraf, die reine Wahrheit.

Ralph und ich trennten uns von ihm und gingen in die nächstgelegene Bar.

»Ralph«, sagte ich, »Maschinen treten die Herrschaft über die Welt an. Es ist kein Raum mehr für das Spiel der Gedanken und den freien Lauf der Phantasie.«

»Mach dir nichts draus, Henry«, erwiderte Ralph. »Was möchtest du trinken?«

»Einen Sherry«, sagte ich. »Und zwar einen doppelten.«

Der Barkeeper brauchte eine Viertelstunde, bis er die Flasche gefunden hatte.

Ein merkwürdiges Paar Socken

Ralph und ich warteten in der Einsatzzentrale auf weitere Informationen.

Ralph gähnte. »Das Opfer hatte eine blaue und eine grüne Socke an den Füßen.«

»Ah«, sagte ich, »das kann uns eine Menge verraten.«

»Was zum Beispiel?«

»Das Opfer war wahrscheinlich farbenblind. Entweder das, oder der Mann hat sich im Dunkeln angezogen.«

»Vielleicht war er auch einfach nur blind.«

»Nein, Ralph. Er hatte eine Krankenkassenbrille in seiner Jackentasche stecken.«

Ralph kicherte fröhlich. »Ich wette, er hat noch so ein Paar Socken zu Hause liegen.«

»Nicht notwendigerweise, Ralph. Er war vielleicht ein sparsamer Mensch.«

»Was hat Sparsamkeit damit zu tun?«

»Ralph, es kommt nur selten vor, daß *beide* Socken eines Paars zur gleichen Zeit kaputtgehen. Es ist jedoch allgemein üblich, das ganze Paar wegzuwerfen, wenn eine Socke durchgewetzt ist. Ein sparsamer Mensch nun würde die noch heile Socke *aufheben* und die Möglichkeit in Rechnung stellen, irgendwann in der Zukunft wieder an eine zweite, dazu passende Socke zu kommen, nämlich wenn ein Paar von ähnlicher Farbe kaputtgegangen ist.«

»Warum hat er dann nicht abgewartet, bis er eine passende Socke hatte?«

»Das würde, was mich angeht, darauf hindeuten, daß das Opfer ein Junggeselle war.«

Ralph wartete.

»Ralph, Junggesellen sind bekannt dafür, daß sie das Wäschewaschen gern vor sich herschieben. Es ist durchaus denkbar, daß diesem sparsamen Junggesellen die sauberen Socken total ausgegangen waren, er aber noch die einzelne blaue und die grüne Socke hatte. Was hätte er also anderes tun können? Er zog sie an, denn schließlich wußte er ja, daß seine Hosenbeine sie sowieso verdecken würden. Und außerdem, wer schaut schon je auf deine Socken, um festzustellen, ob sie auch zueinander passen?«

Ralph seufzte. »Also, wie dem auch sei, folgendes steht mal fest. Das Opfer wurde am Sonntag um sechs Uhr morgens von einem Taxifahrer in einer von der Freemont Street abgehenden Gasse tot aufgefunden. Das Opfer ist ungefähr einsfünfundachtzig groß, zwischen fünfundzwanzig und dreißig Jahre alt und wiegt annähernd neunzig Kilo. Allem Anschein nach ist es mit einem einzigen Schuß ins Herz getötet worden. Der Mann hat keine Brieftasche bei sich, weswegen er momentan noch nicht identifiziert ist. Es erscheint möglich, daß ein Straßenräuber ihn angriff, er sich zur Wehr setzte und erschossen wurde.«

Captain Witherspoon kam mit einigen Papieren herein. »Wir haben die Fingerabdrücke des Opfers überprüft. Der Mann heißt Micky Tyler. Er ist wegen wiederholter tätlicher Beleidigung vorbestraft, einmal auch wegen Trunkenheit und ordnungswidrigen Verhaltens, und es läuft eine Anzeige wegen des Besitzes pornographischer Filme. Und außerdem ist er ertrunken.«

Ralph hob eine Braue. »Ertrunken? Aber seine Kleidung war doch überhaupt nicht naß.«

»Ich weiß. Hatte sie wahrscheinlich nicht an, als er ertrank. Sieht so aus, als hätte ihn jemand angezogen, als er schon tot war.«

»Was ist mit der Kugel in seinem Herzen?«

»Die hat ihn nicht getötet. Er wurde erschossen, als er schon nicht mehr lebte. Dem Coroner fiel auf, daß praktisch keinerlei Blut geflossen war. Deshalb suchte er weiter und entdeckte das Wasser in seinen Lungen.«

»War es Süß- oder Salzwasser?« fragte ich.

Captain Witherspoon starrte mich an. »Henry, wir sind zweitausend Meilen vom nächsten Ozean entfernt!«

»Stimmt, Captain«, erwiderte ich. »Stimmt. Aber da besteht immer noch die Möglichkeit, daß es sich um einen Angestellten des städtischen Aquariums handelt, der in einem der Salzwasseraquarien ertrunken ist.«

»Nein, er hat für die Landschaftsgärtnerei Renaldi gearbeitet. Er gehörte zu diesen Leuten, die einmal pro Woche bei einem vorbeikommen, um den Rasen zu mähen und die Blumen zu gießen.«

Ich rieb mir das Kinn. »Ich nehme an, daß das Süßwasser in seinen Lungen auch Chlor enthielt?«

Captain Witherspoon sah mich erneut groß an. »Also Henry, wieso nehmen Sie an, daß er Chlor in der Lunge hatte? Warum sollte er nicht in einem Teich, See oder Fluß ertrunken sein?«

»Weil er entweder nackt war oder eine Badehose anhatte, als er ertrank, und es ist um diese Jahreszeit noch viel zu kalt, um baden zu gehen.«

»Warum kann er nicht in einer Badewanne ertrunken sein?«

»Wurden irgendwelche blauen Flecken oder Prellungen festgestellt? Waren Drogen oder Alkohol im Spiel?«

»Keine blauen Flecken, Quetschungen oder Beulen. Auch keine Drogen. Aber ein bißchen Alkohol. Er hat wahrscheinlich zwei oder drei Gläschen getrunken, bevor er starb.«

Ich nickte. »In einer Badewanne hätte er nur ertrinken können, wenn ihn einer unter Wasser gedrückt hätte. Aber das wäre wohl nicht ganz leicht gewesen. Schließlich war er einsfünfundachtzig groß, neunzig Kilo schwer und im Vollbesitz seiner geistigen und körperlichen Kräfte. Es hätten sich Verletzungen und blaue Flecke finden müssen.«

Witherspoon pflichtete mir bei. »Sie haben recht, Henry. Das Wasser in seinen Lungen enthielt Chlor.«

»Das bedeutet, daß er in den tiefen Teil des Schwimmbeckens eines Hallenbades gestoßen wurde, wo man ihn ertrinken ließ. Offensichtlich konnte er nicht schwimmen, denn sonst hätte er's wohl getan. Und danach unterzog sich jemand der Mühe, ihn anzukleiden und mit einer Kugel im Herzen in einer kleinen Nebenstraße abzuladen. Zweck der Übung war ganz offenkundig, es so aussehen zu lassen, als sei Tyler ganz woanders und auf gänzlich andere Weise gestorben. Wie lange war er schon tot, als seine Leiche gefunden wurde?«

»Der Coroner gibt den Zeitpunkt des Todes mit ungefähr Mitternacht an, plus minus eine Stunde.«

Ich setzte meine Gedanken auf eine Problemlösung an. »Micky Tyler wurde in einem Swimmingpool ertränkt, der sich im Inneren eines Privathauses befindet.«

Witherspoon verschränkte die Arme. »Das Hallenbad akzeptiere ich ja, Henry. Aber warum muß es ein *privater* Pool gewesen sein? Könnte er nicht auch in einem öffentlichen Hallenbad oder im Hallenbad einer Schule oder dergleichen ertrunken sein?«

»Alle öffentlichen Bäder waren zum Zeitpunkt seines Todes, das heißt am Samstag gegen Mitternacht, geschlossen. Außerdem weist der Alkohol in seinem Blut auf einen privaten Swimmingpool und eine sehr private Party hin. Ein Tête-à-tête. Keine Zeugen. Nur die zwei. Die Mörderin und ihr Opfer bei einem Rendezvous.«

»Was ist ein Rendezvous?« fragte Ralph.

Captain Witherspoon erklärte es ihm.

»Teufel auch!« sagte Ralph. »Warum hast du das nicht gleich gesagt? Die hatten da also dieses Rendezvous am Swimmingpool, und dann stieß sie ihn in das tiefe Ende des Pools. Und warum?«

»Ralph«, sagte ich, »wie viele Menschen auf dieser Erde können sich ein solches Privatbad leisten?«

»Nicht sehr viele«, räumte Ralph ein.

»Genau«, sagte ich. »Und um des Kontrastes willen wollen wir uns kurz mal den sozioökonomischen Status des Opfers vor Augen führen.«

Wir führten ihn uns vor Augen und warteten.

Ich fuhr fort: »Ich behaupte, daß sich die Mörderin der Dienste der Landschaftsgärtnerei Renaldi bediente und daß ferner Tyler für ihre Gegend zuständig war. Die alte Lady-Chatterley-Geschichte, nur diesmal mit einem Gärtner. Und ich meine, daß wir eine ziemlich kräftige Frau suchen. So einen Walküre-Typ, würde ich mal sagen.«

»Wieso?« fragten Ralph und Captain Witherspoon wie aus einem Munde.

»Weil sie kräftig genug sein mußte, um ihn aus dem Schwimmbecken ziehen, ankleiden und zum Auto schleppen zu können.«

»Schön«, sagte Captain Witherspoon. »Und nun die Frage: *Warum* hat sie ihn umgebracht?«

»Ich tippe auf Erpressung. Er wollte Geld, oder er würde die Affäre enthüllen. Vielleicht hatte sie schon gezahlt, schreckte schließlich vor seinen immer höher werdenden Forderungen zurück. Oder vielleicht hat sie sich auch geweigert zu zahlen, die Nerven verloren und ihm den tödlichen Stoß versetzt. Was immer es war, unsere Mörderin ist eine stämmige, verheiratete Frau... unzufrieden, ja... aber ganz und gar nicht bereit, sich dem Risiko auszusetzen, bloß wegen eines kleinen Techtelmechtels ein Heim, einen Mann und dazu auch noch sein Einkommen zu verlieren.«

Captain Witherspoon rieb sich ein Weilchen den Nakken. »Verheiratete Frau, kräftig und stämmig, Haus mit Schwimmbecken, in Tylers Gebiet? Auf wie viele Personen könnte das alles wohl zutreffen?«

Ralph zuckte die Achseln. »Hoffen wir, daß es wenigstens eine gibt.«

Ralph und ich begaben uns zur Landschaftsgärtnerei Renaldi und erhielten dort eine Liste aller Vorstadthäuser, wo Tyler tätig gewesen war. Wir fuhren in die genannte Gegend hinaus und nahmen unsere Befragungen auf.

Am späten Nachmittag fanden wir ein Haus mit Schwimmbecken – das einzige des ganzen Viertels.

Wir unterhielten uns mit dem einzigen Bewohner dieses Hauses, und seine ausweichenden Antworten ließen klar erkennen, daß wir Erfolg gehabt hatten.

Wir fuhren mit dem Tatverdächtigen ins Präsidium und nahmen ihn in Untersuchungshaft. Als dies getan war, trat ich ans nächste Fenster und grübelte dumpf vor mich hin.

»Aber Henry«, sagte Ralph, »nun nimm's doch nicht so schwer. Schließlich *hast* du uns doch zum Täter geführt. Und du hattest absolut recht. Nur eine Kleinigkeit stimmte nicht.«

»Ralph«, sagte ich, »wenn ich Rendezvous sage, dann *meine* ich Rendezvous.«

»Ich weiß«, sagte Ralph.

»Und wenn ich *Rendezvous* meine, dann meine ich damit auch einen Mann und eine *Frau*. Nicht einen Mann und einen anderen ...«

»Die Zeiten ändern sich«, sagte Ralph. »Aber einer von ihnen war noch nicht ganz so weit und konnte es nicht ertragen, daß die Welt über ihn Bescheid wußte. Oder daß man ihn deswegen erpressen wollte.«

Er half mir dabei, unten auf der Straße den Verkehr zu beobachten, und sagte dann: »Ich folgere, Henry, daß du ein sparsamer Junggeselle bist, dessen Vorrat an frischer Wäsche furchtbar knapp geworden ist.«

Ich blickte auf meine Socken hinunter.

Verdammter Mist! Ich hatte gehofft, niemand würde es bemerken.

Der Galgenbaum

Captain Robertson hatte Ralph und mich nach Green Bay hinausgeschickt, wo wir einen Mordverdächtigen vernehmen sollten, der dort in Untersuchungshaft saß. Unsere Tour hatte sich jedoch als wenig erfolgreich erwiesen.

Statt für die Rückfahrt den monotonen Highway zu wählen, befragten wir unsere Karte und entschieden uns für die landschaftlich schöne Nebenstrecke.

Am späten Nachmittag, als wir gerade durch ein Waldgebiet fuhren, zog plötzlich unser Motor nicht mehr richtig und versagte dann völlig seine Dienste.

Ralph ließ den Wagen auf dem Seitenstreifen ausrollen und versuchte, den Motor wieder in Gang zu kriegen. Der Anlasser funktionierte zwar, aber der Motor wollte nicht anspringen.

Nach einer Weile stiegen wir aus, öffneten die Motorhaube und betrachteten prüfend die Maschine.

»Wonach suchen wir, Ralph?«

Er rieb sich den Nacken. »Verdammt, wenn ich das wüßte! Ich habe mich auf der High School für Holzbearbeitung entschieden.«

Wir wackelten und drückten an verschiedenen Teilen herum und stiegen hoffnungsvoll wieder ein. Der Motor verweigerte jedoch nach wie vor seine Dienste.

Ralph gab auf. »So machen wir bloß die Batterie leer. Wir werden solange hier sitzen bleiben müssen, bis jemand vorbeikommt und einen von uns beiden bis zur nächsten Werkstatt mitnimmt.«

Wir warteten über eine Stunde, aber kein einziges Auto kam vorbei, weder in der einen noch in der anderen Richtung. Es begann dunkel zu werden.

»Ralph«, sagte ich, »ich habe gerade entdeckt, daß da vor uns eine Einfahrt ist. Vielleicht führt sie ja zu einem Haus, und wir können dort mal telefonieren.«

Ralph nahm die Taschenlampe aus dem Handschuhfach und steckte sie in die Tasche, dann stiegen wir aus dem Auto – und fanden heraus, daß es sich bei der Einfahrt in Wirklichkeit um ein schmales Landsträßchen handelte.

Ich spähte in die Ferne. »Dort vor uns scheint so eine Art Weiler zu liegen.«

Nach einem fünfminütigen Fußmarsch erreichten wir das erste Haus.

»Ach du ahnst es nicht!« sagte ich. »Das ist ja eine einklassige Schule. Ich wußte gar nicht, daß es die in diesem Bundesstaat überhaupt noch gibt.«

Ralph betrachtete sich das Gebäude ohne übermäßiges Interesse. »Ich glaube auch nicht, daß die noch in Benutzung ist. Die Fenster sind ganz schwarz vor lauter Dreck.«

Ich gab nach. »Vielleicht hast du recht. Das konfrontiert uns aber mit einer Anomalie. Das Schulhaus sieht zwar unbenutzt aus, auf dem Schulhof ist aber trotzdem kein einziger Grashalm zu sehen, was doch auf starken Betrieb schließen läßt.«

»Die Kinder werden wahrscheinlich zu irgendeiner anderen Schule gekarrt«, sagte Ralph. »Aber das muß ja nicht heißen, daß sie diesen Schulhof nicht noch als Spielplatz benutzen, wenn sie wieder daheim sind.« Er zog die Stirn kraus. »Was zum Henker ist das denn?«

Er zeigte auf ein dickes Seil, das vom Ast einer riesigen Eiche herabbaumelte und am Ende eine ziemlich eindrucksvolle Schlinge aufwies.

»Es muß eine vernünftige Erklärung dafür geben«, sagte ich. »Wir müssen daran denken, mal nachzufragen.«

Wir gingen weiter. Einige der Häuser des Dörfchens schienen leerzustehen und zu verfallen. Hier und da sahen wir schummriges Licht hinter zugezogenen Vorhängen.

Ralph hatte zu den Dächern hinaufgeblickt. »In dem ganzen Ort nicht eine Fernsehantenne!«

»Die haben wahrscheinlich Kabelfernsehen.«

Am Ende der Straße stand – wie zu unserer Begrüßung – ein ziemlich großes, zweigeschossiges Gebäude, bei dem es sich allem Anschein nach um ein Gasthaus handelte.

Während wir uns darüber unterhielten, blickte sich Ralph weiter um.

»Wo sind die Leute? Die Kinder, die das Gras auf dem Hof der Schule, in die sie nicht mehr gehen, niedertrampeln und die mit einer Henkersschlinge spielen? Seit wir hier sind, habe ich noch keine Menschenseele gesehen.«

»Die beobachten uns heimlich.«

»Beobachten uns?«

»Ja. Hinter den Vorhängen. Wenn du mal im Vorbeigehen aus dem Augenwinkel hinschaust, kannst du Bewegungen wahrnehmen.«

Ralph versuchte es. »Du hast recht, Henry. Sie halten sich in ihren Häusern versteckt und beobachten uns. Wieso tun sie das, Henry?«

»Wir sind Fremde, Ralph. Leute, die in Weilern wohnen, beobachten Fremde immer heimlich.«

»Noch etwas«, sagte Ralph. »Ich habe auch noch kein einziges Auto gesehen, weder fahrend noch stehend.«

Wir kamen bei dem zweigeschossigen Gebäude an, gingen die breite Holztreppe hinauf und traten ins Haus.

Das Innere wurde von einigen Öl- oder Kerosinlampen, die an Ketten von der Decke herabhingen, nur recht unzureichend beleuchtet.

Ein großer, dürrer Mensch von unbestimmbarem Alter stand hinter dem Empfangstresen. Als wir zu ihm traten, gestattete er seinem Mund ein schwaches Lächeln.

»Gibt es hier im Ort eine Autowerkstatt?« erkundigte ich mich.

»Autowerkstatt?« Der Empfangschef schien einen Augenblick lang über meine Frage nachzudenken. »Nein, in diesem Dorf gibt es keine Werkstatt.«

Ralph blickte um sich. »Ich würde gern mal Ihr Telefon benutzen.«

»Wir haben kein Telefon.«

Ralph runzelte die Stirn. »Dies ist ein Hotel, und Sie haben kein Telefon?«

»Hier im Ort hat niemand ein Telefon.«

Ralph sah mich an, als wäre das alles meine Schuld. »Großartig! Da bleiben wir mitten in der Wüste hängen und finden dann einen Ort ohne Telefon. Da können wir auch zum Auto zurückmarschieren und dort warten, bis jemand vorbeikommt.«

»Es ist schon fast dunkel«, sagte der Empfangschef. »Und es ist nicht sehr wahrscheinlich, daß heute abend noch irgendein anderes Auto diese Straße da benutzt.«

»Ralph«, sagte ich, »wir können genausogut die Nacht über hierbleiben und morgen früh zum Auto zurückgehen. Es besteht kein Anlaß, es uns unbequem zu machen. Schließlich übernimmt unsere Abteilung diese Kosten.«

Der Empfangschef drehte das Gästebuch herum. Ich besah mir kurz den Federhalter mit Stahlfeder und das Tintenfaß und beschloß dann, meinen Kugelschreiber zu nehmen. Ich schrieb auf die erste Linie der noch leeren Seite: »Det/Sgt Henry S. Turnbuckle, MPD.«

Der Hotelangestellte sah mir beim Schreiben zu. »MPD? Ist das so was wie ein Titel oder eine Auszeichnung?«

Ich lächelte bescheiden. »Das steht für Milwaukee Police Department.«

Ralph trug sich ebenfalls ein.

»Zwei Einzel oder ein Doppel?« fragte der Empfangschef.

»Ich nehme nicht an, daß Sie Fernsehen haben?« erkundigte sich Ralph ohne große Hoffnung.

»Nein, Sir, kein Fernsehen.«

»In diesem Falle geben Sie uns ein Doppelzimmer. Henry und ich, wir werden uns unterhalten, so als Zeitvertreib.«

Der Empfangschef reichte uns einen Schlüssel herüber, der mit einem Schildchen versehen war. »Sie haben das Zimmer Nummer 21.«

Auf der einen Seite des Empfangs schien sich ein kleiner Speisesaal zu befinden. »Kann man etwas zu essen bekommen?« fragte ich.

Der Empfangschef lächelte wieder. »Ja.«

Ralph und ich begaben uns in den Speisesaal und nahmen Platz.

Ralph sah sich um. »Was soll das denn für ein Lokal sein?«

Ich lachte belustigt auf. »Bereitet dir das Dekor Kopfzerbrechen?«

»Was heißt Dekor?«

»Na, die Ausstattung dieses Ladens. Das Thema. Sieh mal, Ralph, sie haben die Atmosphäre einer längst vergangenen Zeit heraufzubeschwören versucht ... Lampen, Federhalter und Tintenfaß, die Kleidung, die der Empfangschef trägt. Thema dieses Hotels ist das Jahr 1847.«

»Warum pickst du dir ausgerechnet 1847 raus?«

»Der Kalender hinter dem Empfangstresen. Wir haben Oktober 1847.«

Ralph war nicht beeindruckt. »Die haben hier nicht viel zu tun. Wir sind die einzigen Gäste. Wo ist die Speisekarte?«

»Früher hatten die meisten kleinen Hotels noch keine gedruckten Speisekarten. Man aß, was gerade zubereitet wurde.«

Der Empfangschef war verschwunden, kehrte nun aber mit zwei großen Maßkrügen Bier wieder, die offensichtlich aufs Haus gingen. Er stellte sie vor uns auf den Tisch. »Das Essen ist in zwanzig Minuten fertig. Es gibt Roastbeef.« Er wandte sich zum Gehen.

»Einen Augenblick noch«, sagte Ralph. »Als wir in den Ort reinkamen, sahen wir ein Seil mit einer Schlinge, das auf dem Schulhof von einem Baum herabhing.«

Die Augenlider des Hotelangestellten zuckten. »Ja, Sir, das ist der Galgenbaum. Dort wurde die Hexe gehängt.«

»Welche Hexe?« wollte Ralph wissen.

»Rebecca Winthrop. Sie wurde am Halse aufgehängt, bis daß der Tod eintrat. Im Jahr 1847.«

Ich nickte. »Um genau zu sein, am 29. Oktober 1847.«

»Das ist korrekt, Sir.«

Ich lächelte. »Und an jedem 29. Oktober hängt die Gemeinde ein Seil dorthin, um an den Vorfall zu erinnern?«

»Ja, Sir.«

Ralph blickte dem Hinausgehenden nach. »Was für ein verdammter Zufall. Just heute ist der 29. Oktober.«

»Da ist nicht die geringste Zufälligkeit im Spiel, Ralph. Wenn wir am 1. Oktober hergekommen wären, hätte er uns erzählt, daß die Hexe am 1. Oktober 1847 gehängt wurde. Und wenn wir am 10. Juli gekommen wären, hätte er behauptet, sie sei am 10. Juli gehängt worden.«

Ralph seufzte. »Immerhin. Sie haben sich wenigstens auf das Jahr geeinigt.« Er sah an mir vorbei, und es war mir, als verkrampfe er sich ein wenig. Ich drehte mich um, weil ich sehen wollte, was seine Aufmerksamkeit erregt hatte, und erblickte eine Frau, die in der Tür stand.

Sie trug ein schlichtes, weißes Kleid mit Spitzenkragen, das bis zum Boden hinabreichte. Ich nahm an, daß es der neuesten Mode des Jahres 1847 entsprach. Sie ist wahrscheinlich die Hotelbesitzerin, dachte ich.

Sie trat zu uns. »Ich hoffe, es gereicht alles zu Ihrer Zufriedenheit?« Ihre Augen waren grün.

»Durchaus«, erwiderte ich. »Uns machen lediglich der Galgenbaum und die Hexe zu schaffen.«

Sie lächelte verhalten. »Ach ja, natürlich. Dieser Gasthof wurde in den frühen vierziger Jahren des neunzehnten Jahrhunderts von Joseph Winthrop erbaut. Er gehörte zu den Übernachtungsstationen auf der Postkutschenroute von Green Bay nach Milwaukee. Der Gasthof entwickelte sich gut, und so entstand um ihn herum dieser Weiler. Im Jahr 1847 beschloß Joseph, der noch Junggeselle war, in sein heimisches Neu-England zurückzukehren, um sich dort nach einer Frau umzusehen. Er fand Rebecca, die er dann mit hierher brachte. Einen Monat später starb er, im Fieberwahn tobend, und dieser Gasthof wurde ihrer.«

Es war, als ob ihre Augen ein wenig funkelten. »Plötzlich ereigneten sich in diesem Dorf unerklärliche Dinge ... rätselhafte Feuer brachen aus, Haustiere verschwanden,

Kinder wurden krank. Sie bekamen Anfälle, gerieten in Trance und sprachen in fremden Zungen. Es gab Gerüchte, daß Gäste des Hotels einfach spurlos verschwunden seien. Niemand konnte sich erinnern, gesehen zu haben, wie sie abreisten. Die Menschen im Ort begannen, sich davor zu fürchten, Rebecca in die Augen zu sehen, und viele glaubten, sie könne Menschen verzaubern.

Die Unglücksfälle häuften sich und die Angst wuchs, bis schließlich in der Nacht des 29. Oktobers das Faß überlief und die Dorfbewohner vor diesem Gasthof hier zusammenströmten. Um zehn Uhr abends stürmten sie in den ersten Stock hinauf, wo Rebecca ihr Zimmer hatte. Sie schleppten sie die Treppe hinunter und zum Schulhof, wo sie ihr eine Schlinge um den Hals legten. Sie gestatteten ihr ein paar letzte Worte, wohl in der Hoffnung, sie werde sich als Hexe bekennen und den Himmel um Vergebung anflehen.«

Ralphs Augen waren weit geöffnet. »Und hat sie's getan?«

»Nein. Aber bevor sie starb, verfluchte sie den Ort. Jedes Jahr sollte an ihrem Todestag von den Bewohnern des Dorfes einer im Dorf gehängt werden, bis nur noch einer übrig sein würde. Und der sollte sich dann selbst aufhängen.«

Ralph war verblüfft. »Wie viele Menschen wohnten denn damals hier in diesem Weiler?«

»Dreiundneunzig.«

Er rechnete ein bißchen und schien erleichtert. »Also, *wenn* dieser Fluch wirklich funktioniert hätte, hätte sich der letzte Dorfbewohner im Jahre 1940 aufhängen müssen.«

Ich lächelte. »Einer *im* Dorf. Nicht einer *aus dem* Dorf.

Aus Rebeccas Sicht ein unglücklicher Versprecher, aber für die Dorfbewohner ein Hintertürchen, das sie sich zunutze machten?«

Die Augen der Frau blitzten kurz auf. »Ja, das haben sie.«

Ich wandte mich wieder Ralph zu. »Mit anderen Worten, das jährliche Opfer muß nicht unbedingt ein echter Bewohner des Ortes sein. Die Leute hier konnten ihre Jahresquote auch mit irgendeinem Durchreisenden erfüllen. Zum Beispiel mit einem Gast dieses Hotels. Obwohl ich mir vorstellen könnte, daß es auch Zeiten gab, wo sich keine Fremden im Dorf aufhielten und sich die Dorfbewohner gezwungen sahen, auf sich selbst zurückzugreifen.«

»Ja«, sagte sie, »solche Zeiten hat's gegeben.«

Ralph starrte auf ihren Spitzenkragen. »Wie viele Leute wohnen jetzt in diesem Ort?«

»Achtunddreißig.«

»Schön«, sagte Ralph, »nehmen wir mal an, wirklich nur angenommen, der Fluch hätte funktioniert. Warum sind dann die Leute hier nicht auf und davon? Warum darauf warten, daß man aufgehängt wird?«

Ich lächelte. »Ralph, du verstehst aber auch wirklich gar nichts von Flüchen. Wenn so ein Ort verflucht ist, dann kann ihn niemand mehr verlassen. Der Ort ist dann von so etwas wie einem Kraftfeld umgeben.«

Unsere Wirtin nickte matt. »Ich muß jetzt gehen.«

Als sie fort war, brachte uns der vormals als Empfangschef, jetzt als Ober fungierende Hotelangestellte unser Essen.

Ralph hielt ihn zurück. »Wo gehen die Kinder hier zur Schule? Ich meine, sie werden doch mit dem Bus irgendwo nach außerhalb gebracht, oder nicht? Raus aus dem Kraft...« Er errötete leicht. »Sie kommen über die Ortsgrenze hinaus, nicht wahr?«

»Es gibt hier keine Kinder mehr«, sagte der Ober. »Sie sind alle erwachsen.«

»Wer ist die Frau, die eben noch hier bei uns war?« fragte ich.

Er sah mich nicht an. »Ich habe keine Frau gesehen.«

Als er gegangen war, trank Ralph sein Bier aus und machte den Eindruck, als könnte er gut noch eins gebrauchen. Ich schob ihm meinen Maßkrug hin. »Trink meins, Ralph, ich bin allergisch gegen Bier.«

Das Essen war einfach, aber wohlschmeckend, doch Ralph stocherte in seiner Portion herum.

Als wir fertig waren, erhob ich mich. »Ich bezweifle, daß in einem Ort mit achtunddreißig Einwohnern nach Einbruch der Dunkelheit sehr viel los ist. Also gehen wir am besten früh schlafen.«

Ich blieb an einem der Fenster stehen und spähte in die mondhelle Nacht hinaus. »Ich kann von hier aus den Schulhof sehen. Es hat den Anschein, als hingen dort jetzt zwei Schlingen von dem Ast herunter. Wahrscheinlich wird diese Täuschung von einer Verunreinigung in der Glasscheibe hervorgerufen.«

Ralph sah ebenfalls hin und rieb sich den Nacken. Er blickte sich um, als wollte er sich vergewissern, daß wir allein waren, trat dann hinter den Empfangstresen und nahm den an Haken Nummer 28 hängenden Schlüssel vom Brett.

»Aber Ralph«, sagte ich, »was machst du denn da?«

»Die Zimmer tauschen«, sagte er. »Ich bin abergläubisch, was die Zahl 21 angeht.«

Als wir Zimmer 28 betreten hatten, mußte Ralph die Taschenlampe zu Hilfe nehmen, bis wir eine Tischlampe gefunden und angeknipst hatten. Dann verschloß und verriegelte er die Tür.

Er zog sich die Jacke aus und setzte sich in einen der Schaukelstühle. Er fing an, nachdenklich vor und zurück zu schaukeln, wobei er unverwandt auf die Tür starrte.

Ich suchte nach etwas zum Lesen. Ich erwartete, in der obersten Schublade der Kommode eine Bibel zu finden, aber da war keine. Ich zog auch die anderen Schubladen auf und fand schließlich ein ledergebundenes Exemplar von John Miltons *Verlorenem Paradies*.

Ich machte es mir bei der Lampe gemütlich und blickte zu Ralph hinüber. Er hatte sich die Schuhe ausgezogen und schien eingeschlafen zu sein.

Ich las eine Weile, als plötzlich das Geräusch vieler Stimmen vor dem Haus in mein Bewußtsein drang. Ich ging zum Fenster, konnte aber außer dem Wald hinter dem Hotelgebäude nichts sehen.

Die Stimmen kamen offenkundig von der Vorderseite des Hauses. Ich lauschte. Ja, sie wurden ganz entschieden immer lauter. Da waren zornige Ausrufe und sogar Verwünschungen zu hören. Es schien eine recht große Menschenmenge zu sein.

Ich sah auf die Uhr. Es war fast zehn.

Ich schüttelte Ralph. »Ralph, du möchtest das doch sicher nicht verpassen«, sagte ich. Aber er schlief so fest wie jemand, der ein Schlafmittel genommen hat.

Die Menge fing an, von der Eingangshalle her die Treppe heraufzudrängen.

Ich ging zur Tür, schob den Riegel zurück und drehte den Türknauf, als mir einfiel, daß Ralph ja abgeschlossen hatte.

Ich ging zu Ralph zurück und durchsuchte seine Jackentaschen. Wo zum Henker hatte er den Schlüssel hingetan?

Ich hörte jetzt, wie irgendwo auf unserem Flur eine Tür aufgebrochen wurde.

Ich kniete mich vor das Schlüsselloch und versuchte hindurchzuschauen, aber es war durch irgend etwas blockiert. So ein Mist, dachte ich, ich verpasse alles!

Völlig frustriert, lauschte ich an der Tür und hörte, wie sich die Menschenmenge durch den Flur wälzte.

Kurz darauf schien sich alles wieder Richtung Treppe zu bewegen, und dann war das Geräusch von Füßen zu hören, die hinunterpolterten.

Der Lärm ließ immer mehr nach, bewegte sich aus dem Haus nach draußen und verebbte allmählich.

Ich ging wieder zum Fenster, konnte aber natürlich von dort aus nichts sehen. Wenn Ralph und ich doch nur das Zimmer genommen hätten, das uns angewiesen worden war – wir hätten von dort aus ganz ohne Zweifel alle Vorgänge draußen sehr gut beobachten können!

Ich seufzte und versuchte erneut, Ralph zu wecken, hatte aber keinen Erfolg. Da ich ihn nicht die ganze Nacht im Schaukelstuhl sitzen lassen wollte, schleppte ich ihn huckepack zum Bett, auf dem er dann wie tot lag.

Ich las noch ein bißchen im *Verlorenen Paradies* und ging dann ebenfalls schlafen.

Um acht Uhr morgens wachte ich auf. Es war schon hell draußen, aber sehr neblig. Man konnte vom Fenster aus kaum weiter als ein paar Meter sehen.

Endlich öffnete auch Ralph die Augen. Dann sperrte er sie plötzlich weit auf. Er riß seine Dienstpistole heraus und starrte wie wild auf die Zimmertür. Ganz offensichtlich war er aus einem Alptraum erwacht.

»Ralph«, sagte ich, »Ralph, komm zu dir!«

Er schien ziemlich erledigt zu sein, riß sich dann aber allmählich zusammen. Er starrte aufs Fenster. »Es ist ja hellichter Tag!« sagte er in einem Ton, als überraschte ihn das.

»Ja, es ist Morgen«, sagte ich. »Und du hast alles verpaßt. Genaugenommen, ist auch mir alles entgangen.«

»Was habe ich verpaßt?«

»Die Neuinszenierung des Hängens«, sagte ich. »Oder möglicherweise auch das Spiel vom Lynchen eines Dorfbewohners. Ich konnte nichts sehen, aber es klang fürchterlich. Die Menge kam hier die Treppe heraufgestürmt, brach in ein Zimmer ein und schleppte zweifellos ein Opfer zum Galgenbaum fort, wo wir, wäre es uns vergönnt gewesen, hätten mit ansehen können, wie er oder sie in sehr realistischer Weise aufgeknüpft wurde.«

Ralph schloß einen Moment lang die Augen. Dann fand er seine Schuhe wieder, schüttelte den Zimmerschlüssel aus dem einen heraus und zog sie an. Er schlüpfte in seine Jacke, schloß die Tür auf und spähte hinaus. »Gut«, sagte er. »Jetzt aber nichts wie raus hier!«

Ein Stück den Flur hinunter sah ich eine offene Tür, die zertrümmert an nur noch einer Angel im Rahmen hing. »Ach du meine Güte! Da war eindeutig ganz schön was los!«

Ralph schien es eilig zu haben wegzukommen. Wir gingen zum Empfang, aber dort war niemand. Ja, das ganze Hotel machte den Eindruck, als wäre es vollkommen verlassen. »Hallo!« rief ich. »Hallo?«

»Sei still, Henry«, sagte Ralph. »Wir wollen doch nicht alle wecken.«

»Aber wir können nicht einfach abreisen, ohne unsere Rechnung bezahlt zu haben!«

Er strebte dem Ausgang zu. »Die wissen doch, daß wir vom Milwaukee Police Department sind. Sollen sie uns die Rechnung zuschicken.«

Ich sah kurz das Gästeverzeichnis durch und folgte dann Ralph in den Nebel hinaus.

Ich lachte leise vor mich hin. »Ich wette, wir finden eine Puppe am Galgenbaum hängen. Ich bin gespannt, ob es die Hexe oder jemand von den Leuten aus dem Dorf ist.«

Ralph runzelte die Stirn. »Sie warten im Nebel. Sie gehen davon aus, daß wir den gleichen Weg zurückmarschieren, den wir gekommen sind.«

»Ralph«, sagte ich, »was faselst du da?«

Er blickte zu der verschwommenen Sonne empor. »Es ist Morgen, und die Sonne geht im Osten auf, und die Straße liegt östlich dieses verdammten Dorfes.« Er nahm mich am Arm, und wir gingen in die Richtung, die nach seiner so schlauen Schlußfolgerung Osten sein mußte.

Wir hatten vielleicht hundert Meter hinter uns gebracht, als wir uns plötzlich in einer völlig anderen Welt befanden. Die Sonne schien hell, und es war ein schöner, klarer Morgen.

Ich blickte auf eine undurchdringliche Nebelwand zurück, und sowohl das Hotel als auch das Dorf waren nicht mehr zu sehen. »Lausige Planung«, sagte ich. »Sie haben den Ort in eine sehr tiefe Senke gebaut. Ich wette, die haben hier jeden Morgen eine Menge Nebel, bis die Sonne ihn dann aufgelöst hat.«

Ralph fand einen Weg, der durch den Wald führte, und schließlich erreichten wir die Straße. Unser Auto stand noch, wie ich feststellen konnte, auf dem Seitenstreifen, eine halbe Meile oder so von uns entfernt.

Ralph bestand darauf, daß wir schnell gingen, und als wir

beim Auto angelangt waren und einstiegen, war ich ein bißchen aus der Puste.

Ralph steckte den Schlüssel ins Zündschloß.

»Ralph«, sagte ich, »wenn der Motor gestern abend nicht angesprungen ist, dann springt er auch heute morgen nicht an.«

Der Motor sprang sofort an, und Ralph gab derart heftig Gas, daß die Kieselsteine nur so flogen.

Er fuhr sehr schnell und verlangsamte die Fahrt erst, als wir einen Highway erreichten. »Du meinst also, die Leutchen in diesem Dorf haben die Neuinszenierung einer Hinrichtung nur uns zu Gefallen veranstaltet? Diese aufgebrochene Tür, das war die von Nummer 21, nicht wahr? Die von dem Zimmer, in dem wir eigentlich hätten übernachten sollen?«

»Nein, Ralph, es war die Nummer 25.«

Ralphs Gesichtsausdruck verfinsterte sich. »Es war nicht die Nummer 21?« Er fuhr eine Weile schweigend. »Die Dorfbewohner haben die ganze Geschichte nur gespielt? Sie haben eine teure Tür kaputtgemacht, nur um *zwei* Gäste zu unterhalten?«

»Sie kaufen ihre Türen wahrscheinlich beim Großhändler. Oder die Türen sind zumindest zweite Wahl. Und wenn du eine Vorstellung auf dem Plan stehen hast, dann streichst du die doch nicht gleich, bloß weil du nur wenige Zuschauer hast. Die Show muß weitergehen. Außerdem waren wir beiden nicht die einzigen Gäste. Es waren noch zwei weitere da.«

Das überraschte Ralph. »Zwei weitere?«

»Ja. Ich habe mir, als wir aufbrachen, das Gästeverzeichnis kurz angesehen und festgestellt, daß sich da noch zwei andere Leute nach uns eingetragen hatten. Die müssen angekommen sein, nachdem wir aufs Zimmer gegangen waren. Ein Ehepaar, Mr. und Mrs. John Smith.« Ich lächelte. »Sie könnten spurlos vom Erdboden verschwinden, und niemand würde je ihren wahren Namen erfahren.«

Ralph trat abrupt auf die Bremse und wendete.

»Was machst du denn da, Ralph?«

»Zurückfahren.«

»Aber warum denn?«

»Weil ich jetzt in erster Linie Polizist bin und erst in zweiter Linie Angst habe. Sie sind also zu dem Schluß gekommen, daß es leichter wäre, Mr. und Mrs. Smith zu nehmen als zwei Polizisten, von denen der eine auch noch sein Bier nicht getrunken hatte.«

Was murmelte er da jetzt wieder vor sich hin?

Wir kamen zu der Straße im Wald zurück, und Ralph fuhr langsamer, suchte mit den Augen den Straßenrand ab. Schließlich hielt er an. »Die Straße ist weg. Die ganze verdammte Straße *und* das Dorf.«

Ich blickte um mich. »Ich glaube, wir haben nur die falsche Straße erwischt.«

»Nein«, sagte Ralph, »wir sind nicht auf der falschen Straße. Hier müßte alles sein, ist es aber nicht. Und ich glaube nicht, daß ich's jemals wiederfinden werde.«

Er wendete zum zweiten Mal an diesem Morgen, und wir fuhren den Weg zurück, den wir gekommen waren.

Ich lachte einmal mehr vor mich hin. »*Mr. und Mrs. John Smith!* Also wirklich, Ralph, es gibt Menschen, die haben kein bißchen Phantasie.«

Ralph wandte den Blick von der Straße ab. »Henry?«

»Ja?«

Ralph seufzte. »Nichts, Henry, nichts.«

Wir waren lange vor Mittag in Milwaukee.

Nicht schuldig, aber tot

Ich war gerade erst aus dem Urlaub zurück, und Ralph machte sich daran, mich über den Fall zu unterrichten, der uns übertragen worden war.

»Drei Mitglieder eines Geschworenengerichts sind ermordet worden.«

Ich nickte wissend. »Ah ja, ich seh's vor mir. Das Gericht verknackt einen Schurken, und der schwört, daß er sich rächen wird.«

»Nicht ganz«, sagte Ralph. »Es handelt sich da nämlich eher um Geschworene, die sich nicht hatten einigen können. Vier waren für einen Freispruch gewesen und acht für eine Verurteilung.«

»Aber natürlich!« sagte ich. »Der Ganove macht sich prompt ans Werk und bringt drei der Geschworenen um, die für eine Verurteilung gestimmt haben.«

»Auch das nicht, Henry. Alle drei Ermordeten hatten für einen Freispruch gestimmt.«

»Warum zum Teufel hätte er drei Geschworene umbringen sollen, die für einen Freispruch waren?«

»Er hat eigentlich gar niemanden ermordet, Henry. Das konnte er gar nicht, weil er nämlich schon tot war.«

»Ralph«, sagte ich geduldig, »wenn du mich dauernd unterbrichst, werde ich nie zum Kern der Sache vordringen können. Fang noch mal von vorne an.«

»Im vorigen Jahr«, sagte Ralph, »wurde ein gewisser Mike Winkler wegen Mordes an einem Mann namens Jim

Hurley festgenommen. Beide waren aufgrund von Einbruchsdelikten mehrfach vorbestraft. Sie hatten gerade einen Job durchgezogen und gerieten dann bei der Aufteilung der Beute in Streit. Winkler zog eine Pistole und schoß viermal, was vollkommen ausreichte. Jemand in einer benachbarten Wohnung hörte die Schüsse und alarmierte die Polizei. Als sie eintraf, fand sie Winkler vor, der auf seiner Couch saß und darüber nachdachte, wie er Hurleys Leiche loswerden sollte. Winkler gestand sofort, daß und warum er Hurley getötet hatte.«

»Damit hätte die Sache erledigt sein können.«

»Unglücklicherweise widerrief Winkler sein Geständnis, sobald er sich einen Anwalt geschnappt hatte oder umgekehrt. Sagte, er sei von dem Beamten, der ihn festgenommen hatte, dazu gezwungen worden.«

»Stimmt das?«

»Nein. Du kennst ja die Abteilung. Wenn mal einer von uns etwas fester hinlangt, erfahren das früher oder später alle. Was nicht besagen soll, daß wir uns ein Bein ausreißen, um die Öffentlichkeit davon in Kenntnis zu setzen. Aber unter uns bleibt so was kein Geheimnis, und Winkler hat niemand auch nur ein Härchen gekrümmt. Wie auch immer, seine Geschichte sah dann so aus, daß er losgegangen sei, um eine Zeitung zu kaufen, und daß er bei seiner Rückkehr Hurley tot und die Pistole auf dem Boden liegend vorgefunden habe. Aber auch ohne sein Geständnis waren die gegen ihn vorliegenden Beweise erdrückend – Pulverspuren an seinen Händen, seine Fingerabdrücke auf der Mordwaffe und so weiter.«

»Und doch weigerten sich die Geschworenen, ihn zu verurteilen?«

»Das war eben so ein Fall, wie er immer wieder mal vorkommt. Zum Beispiel halsstarrige Geschworene, die das glauben, was sie gern glauben möchten, ganz egal, wie die Beweislage aussieht. Vielleicht hat es ja irgendwas mit den Mondphasen zu tun. Jedenfalls berieten die Geschworenen fünf Tage lang, ohne zu einem Urteilsspruch kommen zu können, und der Richter entließ sie schließlich.«

»Winkler kam frei?«

»Nein. Er wurde sofort ins Bezirksgefängnis zurückgeschafft, während das Räderwerk der Justiz anlief, um eine neue Verhandlung mit anderen Geschworenen zu erreichen. Aber zu diesem zweiten Verfahren kam es nicht. Dem weiterhin in Untersuchungshaft sitzenden Winkler gelang es, sich aus seiner Zelle rauszusägen und auf der Straße ein Auto zu klauen. Ein Streifenwagen entdeckte ihn, und die Jagd begann. Sie endete, als Winkler schließlich auf der Auffahrt einer Schnellstraße in ein anderes Auto reinrauschte. Beide, Winkler und der Fahrer des anderen Wagens, waren sofort tot.«

Ich entsann mich schwach, darüber in der Zeitung gelesen zu haben.

»Das passierte am 22. Januar dieses Jahres«, fuhr Ralph fort. »Und jetzt kommen wir zum 22. des folgenden Monats, des Februars. Ein gewisser Amos Albee, Junggeselle, sechsunddreißig Jahre alt, Buchhalter, wurde an diesem Tag in seiner Garage an einem Balken erhängt aufgefunden. Man ging davon aus, daß er auf einen Stuhl gestiegen war, sich die Schlinge um den Hals gelegt hatte und dann runtergesprungen war.«

»Er hatte keinen Abschiedsbrief hinterlassen?«

»Nein. Aber das tun schließlich viele Selbstmörder nicht. Albees Hintergrund ließ erkennen, daß er ein Einzelgänger gewesen war, von Natur aus melancholisch, und da sah alles ganz so aus, als sei er eben noch ein bißchen melancholischer geworden als sonst und zu dem Entschluß gelangt, dem allem ein Ende zu machen. Und dann, genau einen Monat später, also am 22. März, wurde eine Cora Anderson tot aufgefunden, ebenfalls erhängt, und zwar in der Waschküche ihres Wohnblocks. Cora war in den Sechzigern, Witwe, bei schlechter Gesundheit, und es hatte den Anschein, als wären ihr ihre Einsamkeit und Krankheit zuviel geworden und als hätte sie folglich den Entschluß gefaßt, ihrem Leben ein Ende zu setzen.«

»Gehe ich fehl in der Annahme, daß sowohl Cora als auch Amos zu den Geschworenen gehörten, die sich nicht hatten einigen können, und daß die beiden für einen Freispruch votiert hatten?«

»Nein, du hast völlig recht, nur brachte sie zu der Zeit noch niemand miteinander in Verbindung. Wer behält schon die Namen all der Geschworenen im Kopf, die an den Dutzenden von allmonatlich im Gericht laufenden Verhandlungen mitwirken? Und außerdem haben wir pro Monat durchschnittlich zehn Selbstmorde zu verzeichnen.«

Mir stand alles lebhaft vor Augen. »Und dann beging ein dritter Geschworener Selbstmord, sozusagen, und zwar am 22. des Folgemonats, also im April?«

»Genau. Gerald Hawkins, Witwer im Ruhestand, sechsundsechzig Jahre alt, wurde erhängt in seinem Keller aufgefunden. Auch da kein Abschiedsbrief.«

»Aber nun schöpfte doch endlich jemand Verdacht?«

Ralph nickte. »Die Geschworenen bekommen ja für ihre Tätigkeit eine Vergütung, aber dank all des Papierkrams gingen die Schecks erst im Juli zur Post. Neun davon konnten ausgehändigt werden und wurden eingelöst, aber drei der Briefe kamen zurück, Empfänger unbekannt verzogen.

Die Stadtverwaltung schickte einen Mann zu den jeweils letzten bekannten Anschriften. Der sollte dort mit den Nachbarn sprechen, um so vielleicht an Nachsendeadressen zu kommen. Und dieser Mann entdeckte nun, daß sich diese drei Geschworenen alle erhängt hatten. Das sah nach ein bißchen zuviel Zufall aus, weswegen die Stadtverwaltung die ganze Sache der Polizei übergab. Das geschah in der vergangenen Woche, während du noch im Urlaub warst. Übrigens, wo bist du eigentlich gewesen?«

»Nirgendwo. Ich bin zu Hause geblieben, habe gelesen und mir das Unterrichtsprogramm im Fernsehen angeschaut. Außerdem habe ich einige von den um die Ecke gedachten Kreuzworträtseln gelöst. Sehr erholsam und entspannend.«

Ralph sah mich einen Augenblick lang forschend an und fuhr dann fort: »Wir haben zunächst einmal die Orte aufgesucht, an denen die Geschworenen den Tod gefunden hatten, und konnten die Stricke sicherstellen, die benutzt worden waren... Nachbarn heben wirklich die seltsamsten Sachen als Souvenir auf. Wir fügten im Laboratorium die Enden der Seilstücke zusammen, und siehe da, alle drei Stricke stammten von demselben Seil, beziehungsweise von derselben Rolle.« Er schwieg ein Weilchen und fragte dann: »Du hast deine Wohnung in den ganzen zwei Wochen nicht verlassen?«

Ich nickte. »Die meisten Menschen verreisen in ihrem Urlaub nur, weil sie sich schuldig fühlen – da haben sie nun all diese freie Zeit und tun nichts. Aber ich fühle mich nie schuldig, wenn ich mal frei habe.« Ich dachte kurz über den anstehenden Fall nach. »Du hast gesagt, daß Winkler bei seinem Fluchtversuch in ein anderes Auto reingefahren ist und dessen Fahrer getötet hat?«

»James Bellington, zwanzig Jahre alt, Heizungsbauer und Installateur, verheiratet, keine Kinder. Er saß allein im Auto.«

Ich lächelte. »Ralph, wenn du mal Bellingtons Garage und Keller untersuchst, dann findest du dort, da wette ich mit dir, eine Seilrolle, deren Ende zum Ende des Strickes paßt, der bei dem dritten Geschworenen benutzt wurde. Meine Theorie ist, daß seine Frau durch seinen Tod so schwer traumatisiert wurde, daß sie systematisch alle die Geschworenen zur Strecke brachte, die verantwortlich waren für...«

»Wir haben nachgesehen«, sagte Ralph. »Kein Seil. Außerdem lebten Bellington und seine Frau getrennt voneinander, sie wollten sich gerade scheiden lassen. Sie war über seinen Tod nicht sehr traurig, zumal sie noch die Begünstigte seiner Lebensversicherung war.«

»Was ist mit trauernden Hinterbliebenen? Brüder, Schwestern, Eltern? Freundin?«

»Nichts. Bellingtons Eltern sind tot, und Geschwister hatte er keine. Auch keine Freundin.«

Ich versuchte es erneut. »Was ist mit dem Mann, den Winkler erschossen hat? Wer wurde von seinem Tod betroffen?«

»Niemand. Hurley war im Alter von fünfzehn Jahren aus einem Waisenhaus ausgebüchst. Keine Verwandten und keine Freunde, den Mann ausgenommen, der ihn erschoß.«

Ich rieb mir nachdenklich das Kinn. »Und doch sieht es so aus, als habe jemand des Todestages von Bellington gedacht, indem er im Abstand von einem Monat just an diesem Tag einen der Geschworenen hinrichtete. Natürlich wird man sagen, daß Winkler, wären da nicht die uneinigen Geschworenen gewesen, garantiert in einem unserer bombensicheren Staatsgefängnisse gesessen hätte und nicht in unserem dürftigen Bezirksgefängnis, aus dem er entfliehen und damit später den Tod von Bellington verursachen konnte.« Ich zog die Stirn in Falten. »Da wir niemanden finden können, dem Bellingtons Tod schweres Leid zugefügt hat, müssen wir davon ausgehen, daß es irgendwo da draußen in der Stadt einen hingebungsvollen Irren gibt, der es auf sich genommen hat, die Waagschalen der Justitia wieder auszubalancieren. Irgendeiner unter Millionen.«

»Möglich«, sagte Ralph. »Aber andererseits müssen wir, wenn wir uns an das Näherliegende halten, feststellen, daß sich die Geschworenen des Winkler-Prozesses nach fünf Beratungstagen praktisch gegenseitig an der Kehle saßen. Die acht, die für eine Verurteilung Winklers waren, hatten das Gefühl, daß es ein krasses Fehlurteil wäre, würde Winkler nicht des Mordes für schuldig befunden.«

Ich nickte abwägend. »Einer dieser acht Geschworenen muß unser Mörder sein.«

»Es ist uns gelungen herauszufinden, daß alle Morde zwischen zehn und zwölf Uhr nachts begangen worden sein müssen. Und wenn wir annehmen, daß alle Morde von ein und derselben Person begangen wurden, können wir sechs der Geschworenen aus dem einen oder anderen Grund ausklammern. Sie haben für die Zeit eines, zweier oder aller dreier Morde ein hieb- und stichfestes Alibi.«

Ich subtrahierte schnell sechs von acht. »Ralph, ich glaube, damit haben wir die Zahl auf zwei verringert.«

Ralph stimmte dem zu. »Eine dieser beiden ist ein gewisser Elmer Poulos, Alter achtundzwanzig Jahre. Arbeitet in einem Blumenladen im Einkaufszentrum Mayfair. Die andere Person heißt Deirdre O'Hennessey. Sie ist fünfundzwanzig Jahre alt und Sekretärin bei einer Baufirma.«

»Ralph«, sagte ich, »wenn wir es mit einer Mordserie wie der vorliegenden zu tun haben, dann wird der Mörder zumeist von seinem unausstehlichen Ego dazu veranlaßt, am Ort eines jeden Verbrechens so etwas wie eine Signatur zu hinterlassen. Etwas Persönlicheres als nur zusammenpassende Seilenden.«

Ralph nickte. »Stimmt genau, Henry. Nachdem wir zu dem Schluß gekommen waren, daß es sich um Mord handeln müsse, nahmen wir alles noch einmal ganz genau unter die Lupe. Da fanden wir ein kleines Kreuz, etwa anderthalb Zentimeter groß, das in die Unterseite der Stühle eingeritzt war, die die vermeintlichen Selbstmörder benutzt hatten.«

»Hmmm«, sagte ich. »Was für eine Art von Kreuz war das denn, Ralph? Römisch? Lothringisch? Keltisch? Maltesisch?«

»Einfach ein ganz gewöhnliches Kreuz.« Er malte eins auf ein Stück Papier.

»Ah«, sagte ich. »Das griechische Kreuz. Natürlich nur, wenn du es nicht um fünfundvierzig Grad nach rechts oder links neigst. Dann wird es zum Andreaskreuz.«

Ralph und ich gingen in die Garage hinunter, holten uns unseren Wagen und fuhren zum Einkaufszentrum Mayfair. Im Blumenladen sprachen wir mit dem Besitzer, der uns in einen Raum im hinteren Teil des Geschäftes führte.

Wir fanden Elmer Poulos, einen muskulösen jungen Mann im T-Shirt, mit der Herstellung eines Kranzes für eine Beerdigung beschäftigt.

Ralph stellte mich vor. »Das ist Sergeant Henry Turnbuckle, mit dem ich normalerweise zusammenarbeite. Er würde Ihnen gern noch ein paar Fragen stellen.«

Ich nickte. »Ich will auch gleich zur Sache kommen. Wie ich höre, haben Sie für die Mordnächte kein Alibi?«

Er lächelte glücklich. »Absolut keins. Ich gehe immer um halb zehn und allein ins Bett. Ich brauche meinen Schlaf, um meine Gewichte heben zu können.«

Ralph sah ihn forschend an. »Wir glauben, daß der Mörder seine Opfer zunächst außer Gefecht gesetzt hat, möglicherweise mit Chloroform, ihnen dann eine Schlinge um den Hals gelegt und sie zur Decke hochgehievt hat. Was bedeutet, daß unser Mörder ein ziemlich kräftiger Mann sein muß.«

»Nicht notwendigerweise, Ralph«, sagte ich. »Der Mörder könnte auch einfach mit einer Pistole auf seine Opfer gezielt und ihnen befohlen haben, auf den Stuhl zu steigen und sich die Schlinge um den Hals zu legen. Dann trat er den Stuhl unter ihnen weg.«

»Also Henry«, sagte Ralph, »ich kann nur schwer glauben, daß seine Opfer in ihrer Kooperationsbereitschaft so weit gegangen wären.«

Poulos pflichtete mir bei. »Ich wette, daß sich neunundneunzig Prozent der Menschen auf dieser Erde lieber erschießen als erhängen lassen würden.«

»Wohl wahr«, sagte ich, »vorausgesetzt, die Opfer wären wirklich absolut sicher gewesen, daß sie gehängt werden sollten. Aber ich vermute, daß sie, ganz menschlich und hoffnungsvoll, glaubten, es handle sich um irgendeinen üblen Scherz und daß es das beste sei, den Pistolenmenschen dadurch bei Laune zu halten, daß man sich in gewissem Umfange kooperativ zeigte. Deshalb stiegen sie auf die Stühle und legten sich die Schlinge um den Hals. Daß dann die Stühle unter ihnen weggetreten wurden, kam wohl ein bißchen überraschend.«

Poulos war anderer Ansicht. »Ich persönlich finde das mit dem Chloroform und Hochhieven überzeugender.«

Ich sah ihn scharf an. »Wenn das tatsächlich die angewandte Methode war, dann sind Sie unser wahrscheinlichster Tatverdächtiger.«

Poulos strahlte. »Mir macht es nichts aus, ein wahrscheinlicher Tatverdächtiger zu sein. Jedenfalls nicht, solange Sie nichts beweisen können. Man begegnet mir jetzt hier ganz schön mit Respekt. Die denken, vielleicht hab ich's ja getan. Ich meine, in 'nem Blumenladen zu arbeiten, das läßt einen nicht gerade als Macho dastehen, und man braucht schon jede Hilfe, die man kriegen kann.«

Mir kam ein Gedanke. »Ralph, dieser Bellington ist doch am 22. Januar ums Leben gekommen, und dann wurde an jedem 22. der Folgemonate – also Februar, März, April – ein Geschworener gehängt, richtig? Aber warum dann nicht der *vierte* Geschworene am 22. Mai? Er war doch an der Reihe. Warum hat der Mörder mit der Umbringerei aufgehört? Er hatte noch einen Geschworenen zu erledigen. Und doch verging der 22. Mai, ohne daß es einen vierten toten Geschworenen gab. Warum? Wer ist der vierte Geschworene, der für Freispruch votiert hat?«

Ralph wollte den Namen gerade nennen, als sein Blick auf Poulos fiel und er seine Meinung änderte. »Der vierte Geschworene ist eine Frau, dreißig Jahre alt, verheiratet, vier Kinder, das älteste zwölf.«

Ich zog grübelnd die Stirn in Falten. »Alle ermordeten Geschworenen waren unverheiratet. Allein. Mit anderen Worten, ihr Tod traf keinen anderen Menschen als sie selbst. Heißt es wirklich zu weit zu gehen, wenn man behauptet, der Mörder hätte mit dem Töten aufgehört, weil sich sein Herz erweichte, als er eine Frau mit vier unmündigen Kindern umbringen sollte?« Ich wandte mich an Poulos. »Mögen Sie Kinder?«

Er dachte über meine Frage nach. »Wäre es sehr unamerikanisch, wenn ich sagte: Nicht besonders?«

Ich setzte meine listige Befragung von Elmer Poulos noch eine halbe Stunde lang fort, erfuhr aber nichts Neues mehr.

Als wir uns von ihm verabschiedet hatten, fuhr Ralph zu einem Wohnblock in der East Side. Der Lift brachte uns in den vierten Stock hinauf.

Ich sah auf die Uhr. »Ralph, du sagtest doch, Deirdre O'Hennessey sei Sekretärin. Da dies ein Wochen- und ergo Arbeitstag ist, sage ich mal voraus, daß du sie nicht zu Hause antreffen wirst.«

»Sie wird zu Hause sein«, erwiderte Ralph. »Sie hat nämlich noch Urlaub.«

Deirdre O'Hennessey hatte rabenschwarzes Haar und Augen von ungewöhnlichem Veilchenblau. »Oh, Sie sind's wieder«, sagte sie.

Sie ließ uns herein.

Ich blickte mich im Zimmer um und bemerkte, daß sie ganz offensichtlich mit einem Kreuzworträtsel beschäftigt gewesen war, als wir geklingelt hatten. Es war eines von denen, die ich vor ein paar Tagen gelöst hatte.

»Miss O'Hennessey«, sagte ich, »wie ich höre, haben Sie für die Nächte, in denen die drei Geschworenen umgebracht wurden, kein Alibi.«

Sie bestätigte dies. »Nein, keins. Andererseits bezweifle ich sehr, daß ich Kraft genug hätte, jemandem eine Schlinge um den Hals zu legen und ihn dann zur Decke hochzuhieven.«

Ich lächelte wissend. »Wir in unserer Abteilung haben den Verdacht, daß die Henkersarbeit auch ohne jeglichen Einsatz von Körperkraft geleistet worden sein könnte. Besitzen Sie eine Pistole? Irgendeine Waffe, mit der Sie jemanden bedrohen könnten?«

Sie nickte. »Ich habe eine Armbrust im Schrank. Ich weiß eigentlich gar nicht recht, was ich damit anfangen soll, aber es war ein Sonderangebot, und ich konnte einfach nicht widerstehen.«

Ich stellte mir das Bild vor. Wie sie mit einer Armbrust auf die vor Angst schlotternden Opfer...

Deirdre O'Hennessey setzte sich wieder an ihr Kreuzworträtsel. »Sagen Sie mir mal ein Wort mit fünf Buchstaben für einen Stoff aus der Paraffin-Gruppe der isomeren Kohlenwasserstoffe. Der zweite Buchstabe muß ein k sein.«

»Oktan.«

Sie starrte mich einen Augenblick lang an, trug dann das Wort ein. Sie blickte wieder auf. »Ich habe eine Frage. Drei der vier Geschworenen, die sich für einen Freispruch Winklers ausgesprochen hatten, sind ermordet worden – warum nicht auch der vierte?«

»Das wissen wir nicht«, sagte Ralph.

Ich ertappte mich dabei, wie ich leise vor mich hin lachte.

Die beiden sahen mich an, und Ralph sagte: »Was gibt's da zu kichern, Henry?«

»Ralph, ich weiß, wer der Killer ist.«

Ralph blickte mich forschend an und nickte. »Also gut, Henry, und wer ist der Mörder?«

»Na ja, seinen Namen weiß ich eigentlich nicht. Aber alles erinnert mich an Jack the Ripper.«

Zweifellos hatte ich jetzt die ungeteilte Aufmerksamkeit der beiden.

»Warum erinnert dich denn alles an Jack the Ripper?« fragte Ralph.

Ich lächelte. »Tja, auch Jack the Ripper hatte ein ganz bestimmtes Vorgehen, folgte einem Muster. Er ermordete eine Reihe von Frauen, aber dann hörte die Morderei so plötzlich wieder auf, wie sie angefangen hatte. Warum?«

»Ich geb's auf, Henry«, sagte Ralph. »Warum?«

»Das weiß niemand so genau zu sagen, Ralph. Aber es gibt da die verschiedensten Theorien ... etwa die, daß er zu dem Schluß kam, das Risiko werde zu groß, oder daß er endlich erkannte, was er Schlimmes getan hatte, oder daß er das Interesse verlor und so weiter. Wie dem auch sei, für mich ist die überzeugendste Theorie die, daß die Morde ganz einfach deshalb aufhörten, weil Jack the Ripper gestorben war... eines ganz natürlichen Todes, als Opfer einer Krankheit, eines Unfalls, was auch immer.

Ich will damit sagen, Ralph, daß unser Killer tot ist. Deshalb hat er den vierten Geschworenen nicht ermordet. Du sagtest, sechs der Geschworenen hätten sichere Alibis der einen oder anderen Art.« Ich grinste breit. »Also los, Ralph, welcher von unseren Geschworenen ist tot?«

»Keiner«, sagte Ralph.

Ich starrte eine Weile aus dem Fenster. »Andererseits ist es auch durchaus möglich, daß Jack the Ripper ausgewandert ist. Die Leute wanderten zur damaligen Zeit dauernd aus. Vielleicht ist ja sein Schiff sogar untergegangen, was den Umstand erklären könnte, daß es damals in Amerika, Kanada, Australien und Neuseeland zu keinen Morden à la Jack the Ripper gekommen ist.«

Deirdre O'Hennessey hatte mir zugehört, offenkundig tief beeindruckt. »Warum hat der Mörder all die Mühe auf sich genommen, die Todesfälle wie Selbstmorde aussehen zu lassen? Warum konnte er die Leute nicht einfach umbringen und es dabei bewenden lassen?«

Natürlich wußte ich die Antwort auf diese Frage. »Weil er nicht wollte, daß ihm die Polizei in die Quere kam, bevor er seine Mission beendet hatte.«

Ich verfiel eine Weile in Nachdenken und lachte dann erneut fröhlich auf.

Deirdre O'Hennessey legte den Kopf schief. »Was gibt es jetzt wieder zu lachen?«

»Meine Theorie ist, daß der Mörder nicht alle Tassen im Schrank hat. Ralph, sind die Tatverdächtigen eigentlich geröntgt worden?«

»Nein, Henry.«

»Du mußt zugeben, Ralph, daß es ein bißchen ungewöhnlich ist, wenn ein Mann aus einem eher abstrakten als persönlichen Motiv heraus drei Morde begeht... das heißt aus dem Wunsch heraus handelt, der Gerechtigkeit zum Sieg zu verhelfen. Ich schließe daraus, daß mit dem Kopf des Killers etwas nicht so ganz stimmt und daß dies seine Handlungen erklärt. Ich meine, eine Röntgenuntersuchung wäre angesagt.«

»Ich weiß nicht, wie das mit den rechtlichen Aspekten eines solchen Vorgehens aussieht, Henry«, sagte Ralph, wobei er zur Zimmerdecke hinaufblickte. »Es könnte als eine Verletzung der Intimsphäre gewertet werden. Zumindest sollten wir uns, denke ich, eine Vollmacht besorgen. Warum kann denn unser Mörder nicht ein ganz gewöhnlicher Durchschnittspsychotiker sein?«

»Da ist natürlich durchaus etwas dran«, gestand ich ihm zu. »Oder der Mörder hat vielleicht auch Probleme mit dem Grundstoffwechsel. Oder zu niedrigen Blutzucker. Gleichwohl meine ich, daß es sich als fruchtbar erweisen könnte, unsere Verdächtigen mal zu röntgen oder doch zumindest gründlich zu untersuchen.«

»Ein Wort mit vier Buchstaben für unheimlich, ungeheuer, wahnsinnig?« fragte Deirdre.

Ich überlegte kurz. »Irre?«

Sie nickte. »Genau das ist's.«

Ich runzelte nachdenklich die Stirn. Seltsam. Ich konnte mich überhaupt nicht daran erinnern, daß dieses spezielle Wort in dem Kreuzworträtsel vorgekommen war.

Ich setzte meine unerbittliche Befragung Deirdre O'Hennesseys noch eine Stunde lang fort, und dann kehrten Ralph und ich ins Präsidium zurück.

Der stellvertretende Oberstaatsanwalt Orville Jepson schaute bei uns vorbei.

»Na, haben Sie irgend etwas Neues in Sachen tote Geschworene herausgefunden?«

»Noch nicht«, sagte Ralph.

Jepson galt als brillanter, engagierter Arbeiter, und niemandem entging je sein Phi-Beta-Kappa-Schlüssel.

Ralph sagte, zu mir gewandt: »Orville war für den Winkler-Prozeß zuständig.«

Die Erinnerung an dieses Verfahren verdüsterte Jepsons Gesichtsausdruck. »Bisher der einzige Prozeß, den ich verloren habe. Es ergab nicht den geringsten Sinn. Der Mann war so schuldig wie nur irgendwer, und ich habe das zweifelsfrei nachgewiesen.«

Ralph versuchte, Trost zu spenden. »Vielleicht ist es Winkler ja gelungen, diese Geschworenen zu bestechen.«

Jepson schüttelte den Kopf. »Nein, Winkler war pleite. Das Gericht mußte ihm schon einen Verteidiger bestellen. Und außerdem, wenn er an die Geschworenen rangekommen wäre, hätte er doch nur eine Person zu bestechen brauchen. Nicht vier.« Jepson machte ein finsteres Gesicht. »Ich hatte einfach eine miese Geschworenenmannschaft. Kein

Wunder, daß die Leute keinen Respekt mehr vor unserem Rechtssystem haben! Wenn Sie mich fragen, kommt es der Beihilfe zur Tat oder einer Mitverantwortung für ihre Folgen gleich, wenn man einen Mörder laufen läßt.«

Ich nickte. »Sie denken da an Bennigtons Tod?«

Er korrigierte mich. »Bellington. James Slocum Bellington.«

In meinem Kopf klickte etwas. »Sie wissen auch noch seinen zweiten Vornamen?«

»Natürlich«, sagte Jepson. »Ich habe ein gutes Namensgedächtnis.«

Ich sah ihn an und lächelte dann schwach. »Lassen Sie mich mal ein Porträt des Mörders zeichnen. Vor allen Dingen ist er ein Perfektionist. Außerdem ist er äußerst brillant. Er muß in allem, was er tut, vollkommen sein. Er kann Niederlagen nicht ertragen ... nicht eine einzige. Und was viel wichtiger ist, er glaubt leidenschaftlich an die Gerechtigkeit. Die Schuldigen müssen bestraft werden. Und wenn das nicht auf legalem Wege geschehen kann, dann muß es eben auf illegalem Wege geschehen.«

Jepson hob den Kopf. »Brillant, sagten Sie?«

»Ja doch. Ein kranker, gleichwohl brillanter Kopf. Er hat das Gefühl, daß es, wenn die Schuldigen nicht bestraft werden, sein Fehler ist, den er wiedergutmachen muß. Schön, Sir, und wo waren Sie in der Nacht vom ...«

Ralph setzte sich schnell auf. »Wie hat Ihnen eigentlich Hongkong gefallen, Orville?«

Jepsons Gesicht erhellte sich. »Es war großartig. Wir alle hatten eine tolle Zeit dort.«

Ralph wandte sich an mich. »Du erinnerst dich doch wohl, Henry, daß Orville mit seiner Frau und seinen Kindern eine Urlaubsreise in den Orient gemacht hat? Hongkong, Honolulu, Manila. Alles, was so dazugehört. Und sie waren den *ganzen* April über weg.«

Mein Himmel, er hatte recht!

Jepson nickte. »Wir waren erst Anfang Mai wieder da. Gerade rechtzeitig zur Beerdigung.«

»Beerdigung?« fragte ich. »Was für eine Beerdigung?«

»Die Beerdigung von Richter Remsford. Er führte beim Winkler-Prozeß den Vorsitz. Nahm sich die Sache mit den uneinigen Geschworenen auch sehr zu Herzen, wie ich mich erinnere. Sein Gesicht wurde damals ganz aschgrau, und er richtete ein paar ausgesuchte Worte an die Geschworenen, bevor er sie entließ.« Jepson seufzte. »Der Richter war ein großartiger Mann. In der Blüte seiner Jahre dahingerafft, könnte man sagen.«

»Dahingerafft?«

»Ja, er war unheilbar krank. Fing an, ein bißchen unberechenbar zu werden. Seine Frau ist schließlich mit ihm zum Arzt gegangen. Die Röntgenaufnahmen zeigten, daß die Sache inoperabel war. Starb am ersten oder zweiten Mai.« Jepson dachte über diesen Todesfall nach. »Ja, ein großartiger Mann. Wilbur Cross Remsford.«

Wilbur *Cross* Remsford?

»Hinterließ Frau und drei Kinder«, sagte Jepson. Er klopfte Ralph auf die Schulter. »Tja, also ... bleiben Sie dran. Und lassen Sie mich wissen, wenn Sie irgend etwas Neues herausfinden.«

Nachdem er gegangen war, schwiegen Ralph und ich eine Weile.

Endlich räusperte sich Ralph. »Also, Henry, ich habe so das Gefühl, daß wir, wenn wir mal in Remsfords Keller oder Garage nachsähen, dort eine bestimmte Seilrolle finden würden.«

Ich teilte seine Ansicht.

Keiner von uns beiden machte jedoch Anstalten, sich zu erheben.

»Andererseits«, sagte ich, »fragt sich auch, was das alles für einen Sinn haben sollte. Remsford ist tot. Er kann nicht mehr bestraft werden. Die einzigen, die darunter zu leiden hätten, wenn diese Sache ans Licht käme, wären seine Angehörigen.«

Ralph und ich kamen zu einer Einigung – wir betrachteten den Fall als offiziell abgeschlossen.

Unser Telefon klingelte, und Ralph nahm den Hörer ab. Er hörte dem Anrufer zu und wandte sich dann zu mir: »Sie sucht ein südafrikanisches Wort mit elf Buchstaben für eine hohe Akazie, deren Blätter die Giraffen gern abfressen.«

Das *war* eine schwere Frage gewesen. Ich lächelte. »Kameeldoorn. Das bedeutet wörtlich Kameldorn.«

Ralph sprach wieder ins Telefon. »Ihm fällt's im Augenblick nicht ein, aber heute abend hat er's, wenn er so gegen halb acht mal vorbeischaut. Übrigens, er trinkt nur Sherry, nichts anderes.« Ralph legte auf.

»Also Ralph, wieso hast du ihr gesagt, ich würde bei ihr vorbeikommen?« fragte ich.

»Ich bitte dich, Henry«, erwiderte Ralph, »sie kämpft sich doch wohl nicht durch den Dschungel der Vermittlung dieses Präsidiums, bloß um herauszubekommen, was irgend so eine Giraffe …« Er brach ab und lächelte. »Henry, wir können wirklich nicht zulassen, daß sie Tag und Nacht hier anruft und die Arbeit der Abteilung stört. Geh du heute abend mal schön zu ihr hin und sage ihr alle Wörter, die du weißt.«

Deirdre hatte eine Flasche Sherry bereitgestellt, als ich am Abend zu ihr kam.

Fingerübung

Eigentlich war Sergeant Wisniewski zuständig, aber da er gerade im Begriff war, seinen Urlaub anzutreten, übertrug Captain Wilberforce den Fall Ralph und mir.

Wilberforce sah uns eine Weile forschend an. Dann sagte er: »Ich kann bis heute ums Verrecken nicht begreifen, wie Sie beide es geschafft haben, bei der Aufklärung von Mordfällen erfolgreicher gewesen zu sein als alle anderen.«

Ich lächelte entschuldigend. »Hin und wieder entgeht auch uns einer, Sir.«

Wilberforce knurrte: »Bevor dieser Edward Weaver starb, benutzte er sein eigenes Blut, um die Initialen seines Mörders auf den Teppich zu schmieren.«

Ralph zog nachdenklich die Stirn in Falten. »Warum hat er nicht einen Kuli oder Füller benutzt?«

»Ich weiß es nicht«, sagte Wilberforce. »Ich nehme an, daß manche Opfer in einer solchen Situation in Panik geraten und nicht daran denken, das zu tun, was vernünftig wäre.«

Ich nickte. »Wieso sind wir eigentlich so sicher, daß die Initialen die von Weavers Mörder sind?«

»Warum sonst sollte er in einem solchen Augenblick blutige Initialen festhalten?« Wilberforce paffte an seiner Zigarre. »Die Initialen sind P.M., aber wir können sie bislang mit niemandem in Zusammenhang bringen, der etwas mit diesem Fall zu tun hat.«

Ich sann den Buchstaben nach. »P.M.? Post mortem?

Prime Minister? Pontifex Maximus? Pro mille?« Ich schüttelte den Kopf.

Wilberforce fuhr fort: »Der Mord wurde gestern abend irgendwann zwischen acht und zehn Uhr dreißig begangen. Niemand scheint den Schuß gehört zu haben, was aber wahrscheinlich daran liegt, daß diese kleinkalibrigen Waffen nicht soviel Lärm machen. Es war entweder eine 22er oder eine 25er. Wir haben die Waffe noch nicht gefunden, und der ballistische Bericht des Coroners liegt auch noch nicht vor. Im übrigen hatte sich Weaver gerade auf seinem Stereoapparat Platten mit klassischer Musik angehört. Nach allem, was wir wissen, könnte er gut während des *Halleluja* erledigt worden sein.«

Ralphs Gesicht erhellte sich. »Das *Halleluja* gehört zu meinen Lieblingsstücken, aber ich kann einfach den Text nicht behalten.«

Wilberforce entrang seiner Zigarre ein paar weitere Rauchwolken. »Weaver betrat sein Arbeitszimmer um acht Uhr. Auf der anderen Seite des Flurs, im Wohnzimmer, spielten seine Frau Bertha, die beiden erwachsenen Kinder Irving und Diana sowie Hiram Basswood, Anwalt und Freund der Familie, von acht bis ungefähr halb elf Bridge. Sie konnten von ihrem Platz aus die Tür des Arbeitszimmers gut sehen. Niemand hat es in der angegebenen Zeit betreten oder verlassen. Als sie um halb elf ihr Spiel abbrachen, ging Basswood zum Arbeitszimmer, klopfte an die Tür und trat ein, um Weaver zu sagen, daß er, Basswood, jetzt gehe. Da entdeckte er den Leichnam und die Initialen. Es sieht so aus, als ob derjenige, der Weaver erschossen hat, wer immer es gewesen sein mag, von der Terrasse her durch die Glastür in das Arbeitszimmer gelangt ist. Er könnte sogar von Weaver selbst eingelassen worden sein.«

Ich betrachtete nachdenklich die Kirchturmspitze, die ich mit meinen Fingern gebildet hatte. »Hätte nicht einer von den Bridgespielern ... also zum Beispiel der jeweilige Strohmann beziehungsweise die Strohfrau ... aus dem Haus laufen, durch die Terrassentür ins Arbeitszimmer gelangen, Weaver erschießen und sich dann wieder den Spielern zugesellen können, ohne daß die davon etwas bemerkt hätten?«

»Möglich«, sagte Wilberforce ermutigend. »Aber was ist mit den Initialen P.M.? Sie müssen etwas zu bedeuten haben, sind aber allem Anschein nach auf keinen der Bridgespieler anwendbar.«

Als Captain Wilberforce sein Briefing beendet hatte, holten Ralph und ich unseren Dienstwagen und fuhren in die Stadt, und zwar zur Anwaltskanzlei von Hiram Basswood.

Basswood, ein kleiner Mann mit sauber gestutztem Bart, der mich an General Grant erinnerte, führte uns in sein Büro und schloß die Tür.

»Uns ist dieser Fall soeben erst übertragen worden«, sagte ich. »Erzählen Sie uns doch bitte mal ganz genau, was gestern abend geschehen ist.«

Er zuckte die Achseln. »Da gibt's nicht viel zu erzählen. Bertha, Diana, Irving und ich haben von acht bis halb elf Bridge gespielt. Nachdem wir das Spiel dann abgebrochen hatten, bin ich ins Arbeitszimmer von Edward Weaver gegangen, um ihm zu sagen, daß ich gehen wolle, und da lag er tot auf dem Boden.«

»Und die Initialen?« fragte ich. »P.M.? Sagen die Ihnen irgend etwas?«

Basswood schüttelte den Kopf. »Alles, was mir dazu einfällt, ist Pasquale Mancini. Das war ein italienischer

Politiker und Jurist, der 1888 gestorben ist, was ihm, wie ich annehme, zu einem hieb- und stichfesten Alibi verhilft. Ich habe mal auf dem College ein Referat über ihn geschrieben.«

»Edward Weaver spielte nicht Bridge?« erkundigte ich mich.

»Nein. Er machte sich nichts aus Kartenspielen, egal welcher Art. Er verschwand einfach in sein Arbeitszimmer, wie er das meistens tat, wenn wir spielen. Um zu arbeiten oder zu lesen oder eben das zu machen, was Leute heutzutage so in ihren Arbeitszimmern machen.«

»War die Tür zum Arbeitszimmer offen oder geschlossen?«

»Geschlossen.«

»Haben Sie oder sonst irgend jemand den Leichnam oder sonst etwas in dem Zimmer angefaßt?«

»Nein, gar nichts. Es war uns allen klar, daß Edward kein Wiederbelebungsversuch mehr würde helfen können.«

»Sie sind ein Freund der Familie?«

Basswood nickte. »Ich kenne Edward und Bertha schon seit Olims Zeiten. Dies war Berthas zweite Ehe, wissen Sie. Ihr erster Mann starb vor fünf Jahren.«

»Hat gestern abend einer der Spieler zu irgendeiner Zeit den Bridgetisch verlassen?«

»Das nehme ich an.« Basswood strich sich über den Bart. »Edward ist doch ganz offensichtlich von diesem P.M. umgebracht worden. Der muß durch die Terrassentür eingedrungen sein, Edward erschossen haben und dann geflohen sein.«

Ralph nickte. »Wie ist Mrs. Weavers erster Mann gestorben?«

»Er wurde überfahren, der Verursacher des Unfalls beging Fahrerflucht. Die Polizei hat ihn nie ermitteln können.«

Als Ralph und ich mit Basswood fertig waren, fuhren wir zum Haus der Weavers weiter, das im Norden der Stadt am Lake Shore Drive lag. Die kiesbestreute Zufahrt wand sich durch einen zwei Morgen großen Park und endete vor einem geräumigen französischen Landhaus. Eine Angestellte öffnete und führte uns durch das Haus in den Garten.

Mrs. Weaver trug einen breitkrempigen Strohhut. Sie lächelte. »Sie sind von der Polizei? Was ist denn aus dem netten Sergeant Wisniewski geworden?«

»Er hat Urlaub«, sagte Ralph. »Er wollte unbedingt zur Kirschblüte im Door County sein.«

Bertha Weaver war eine bemerkenswerte Frau in den Vierzigern. Eine kleine Schubkarre neben ihr war fast bis zum Rand mit Schnittblumen gefüllt.

»Ich will ein Gesteck für Edwards Beerdigung machen«, sagte sie. »Ich könnte ja eins kaufen, aber ich habe was für die persönliche Note übrig. Obwohl ich noch gar nicht recht weiß, wie ich das anfangen soll. In der Bibliothek ist zum Thema Beerdigungsgestecke absolut gar nichts zu finden.«

»Wie groß ist das Vermögen, das Ihr Mann hinterlassen hat?« fragte ich.

»Zwei oder drei Millionen Dollar. Ich habe überhaupt keinen Kopf für Zahlen.«

»Und wer sind die Begünstigten?« fragte ich weiter.

»Edward hat alles in Prozenten vermacht. Ich bekomme fünfzig Prozent, Irving und Diana je zwanzig und Hiram zehn.«

Jetzt wandte sich Ralph an Bertha Weaver. »Sagt Ihnen der Name Pasquale Mancini irgend etwas?«

Sie schüttelte den Kopf. »Nein. Aber da fällt mir etwas zu den Initialen P.M. ein. Paula Marquard. Sie war Edwards Sekretärin, kündigte jedoch zwei Monate vor Edwards und meiner Hochzeit. Sie behauptete, sie könne über achtzig Wörter pro Minute tippen. Ich würde sagen, sie lag näher bei vierzig, aber das schien Edward nichts ausgemacht zu haben.«

»Paula Marquard?« sagte ich energisch. »Wir werden sofort eine Großfahndung auslösen.«

»Henry«, sagte Ralph, »warum versuchen wir's nicht erst mal mit dem Telefonbuch?«

Paula Marquard wohnte, wie sich herausstellte, 167 N. Park. Dabei handelte es sich um ein viergeschossiges Wohnhaus. Als wir die Eingangshalle betraten, kam uns ein großer Mann mit Stetson und Cowboystiefeln entgegen und verließ das Haus.

Wir fuhren mit dem Lift hinauf, klingelten an der Tür von Apartment 311 und warteten.

»Wenn sie berufstätig ist«, sagte Ralph, »ist sie höchstwahrscheinlich nicht zu Hause.«

Die Tür öffnete sich einen Spalt, wurde weiterhin von der Kette gehalten. »Wer sind Sie?«

Ralph und ich zeigten unsere Marken. »Wir würden Ihnen gern ein paar Fragen stellen«, sagte ich.

»Zu was?«

»Zum Tod von Edward Weaver.«

»Oh?« sagte sie. »Eddie ist tot? Wie denn das?«

»Er ist ermordet worden«, sagte Ralph. »Aber bevor er starb, gelang es ihm noch ...«

»Ralph«, sagte ich mit Bestimmtheit, »dazu kommen wir noch.«

Sie nahm die Kette ab und ließ uns ein. Paula Marquard

war groß, grauäugig und trug einen langen Morgenrock. »Wann ist es passiert?« fragte sie.

»Edward Weaver wurde gestern abend irgendwann zwischen halb neun und zehn Uhr getötet«, antwortete ich. »Wie lange haben Sie für Edward Weaver gearbeitet?«

»Ungefähr ein Jahr.«

»Und Sie kündigten zwei Monate vor Edward Weavers Heirat mit der jetzigen Mrs. Weaver?«

Sie unterdrückte ein Gähnen. »Ich bekam einen besseren Job angeboten.«

»Miss Marquard«, sagte Ralph streng, »bevor Edward Weaver starb, schmierte er mit seinem Blut die Initialen P.M. auf den Teppich.«

Sie hob eine Braue. »Oh! Aber es gibt doch sicher *haufenweise* P.M.s auf der Welt.« Sie lächelte uns süß an. »Mit dieser Art von Beweis kriegen Sie mich nie und nimmer auf den elektrischen Stuhl.«

»In diesem Bundesstaat ist die Todesstrafe abgeschafft«, sagte Ralph. »Natürlich gibt es noch Staaten, die Leute zum Tode verurteilen, aber heutzutage hat das nur eine Ventilfunktion für empörte Bürger. Ja, die Chancen, daß noch jemand auf den Stuhl kommt, sind praktisch ...«

»Miss Marquard«, sagte ich, »*mochten* Sie Edward Weaver? Machten Sie sich Hoffnungen?«

»Hoffnungen? Sie wollen sagen, ob ich versucht habe, ihn mir zu angeln? Aber klar. Ich war feste dabei. Schließlich erscheint ein Mann mit soviel Geld nicht alle Tage auf der Bildfläche. Aber ich nehme an, daß ich's zu langsam und schüchtern angegangen bin ... oder er bevorzugte einfach den reiferen Typ. Als diese Bertha Wieheißtsiedochgleich auftauchte, konnte ich die Schrift an der Wand erkennen.«

»Ah«, sagte ich, »Sie *waren* also die Verschmähte? Sie waren verletzt und verbittert, als er Bertha Wieheißtsiedochgleich heiratete?«

Ralph hakte nach. »Verletzt und verbittert genug, um zu töten?«

»Wenn ich's gewesen wäre... warum hätte ich zwei Jahre warten sollen, bis ich ihn umbrachte?«

»Sie könnten doch ein Mensch sein, bei dem alles ein bißchen länger dauert«, sagte Ralph. »Fließt vielleicht norwegisches Blut in Ihren Adern?«

»Miss Marquard«, sagte ich, »können Sie nachweisen, wo Sie gestern abend zwischen acht und halb elf waren?«

»Ich dachte schon, Sie würden diese Frage vergessen. Gestern abend hat mich mein Chef nach Madison zum Bankett der Hoch- und Tiefbauer mitgenommen. Und Madison ist mindestens hundertzwanzig Kilometer von hier entfernt.«

Ralph betrachtete sie voller Skepsis. »Können Sie das auch beweisen? Ich meine, nicht die Anzahl der Kilometer, sondern daß Sie bei dem Bankett waren?«

Sie seufzte. »Sehen Sie, mein Chef ist in diesem Jahr Präsident des Verbandes. Er und ich saßen auf einem erhöhten Podium, zusammen mit den anderen Funktionären und weiß ich noch wem. Das Abendessen wurde um halb acht serviert, die Reden fingen um halb neun an, und die Versammlung vertagte sich erst nach zehn. Ich habe das Podium nicht ein einziges Mal verlassen, nicht einmal, um kurz zu verschwinden. Mehr als zweihundert Gäste können das bezeugen. Ich kann Ihnen sogar eine Teilnehmerliste geben, wenn Sie das möchten.«

»Wer ist Ihr Chef?« erkundigte sich Ralph.

»Tex Kastenmeister, von Kastenmeister Hoch- und Tiefbau. Tex kam in Sheboygan zur Welt und wuchs auch dort auf, aber er hat nun mal diesen Tick von wegen Stetson und Cowboystiefeln. Er trägt das Zeug sogar noch...« Sie unterdrückte ein Gähnen. »Oh, Sie müssen entschuldigen, aber ich habe in letzter Zeit nicht sehr viel Schlaf gekriegt.«

Ralph nickte mitfühlend. »Sie haben wohl heute Ihren freien Tag?«

»So könnte man sagen.«

Als wir wieder bei unserem Wagen waren, meinte ich: »Ich gehe jede Wette ein, daß einer der vier Bridgespieler Weaver umgebracht hat.«

»Warum hat sich Weaver dann aber noch die Mühe gemacht, die Initialen P.M. aufzuschreiben?«

»Wir haben bislang nur die offenkundigen P.M.s in Betracht gezogen. Weaver könnte ja auch auf einen Spitznamen oder irgend so etwas Bezug genommen haben.«

Wir kehrten zum Hause der Weavers zurück und trafen Bertha Weaver diesmal im Wohnzimmer an, umgeben von Bergen geschnittener Blumen. Das kleingewachsene Mädchen mit den veilchenblauen Augen, das neben ihr saß, war, wie sich herausstellte, Diana Weaver.

Beide waren gerade dabei, Kleiderbügel aus Draht aufzubiegen.

»Ich persönlich, Mutter«, sagte Diana, »ich persönlich glaube nicht, daß es funktionieren wird. Der Draht wird immer wieder brechen.«

»Mrs. Weaver«, unterbrach ich, »man hat mir gesagt, daß Ihr erster Mann bei einem Unfall ums Leben gekommen ist und daß der Unfallverursacher Fahrerflucht begangen hat.«

»Ja«, sagte sie, »das war vor drei Jahren. Ich glaube, es war im Juli.«

»Nein, Mutter«, sagte Diana, »es war im August. Ich

erinnere mich daran, weil es genau eine Woche, nachdem ich den Führerschein gemacht hatte, passiert ist.«

Bertha Weaver lächelte ihre Tochter liebevoll an. »Diana ist zur Vorsitzenden ihrer Women's Lib Action Group gewählt worden. Sie hat sogar ein Kampflied mit dem Titel *Auch ich ein Mensch* geschrieben.«

Ralph räusperte sich. »Eigentlich ist ja das Wort Mensch in sich chauvinistisch, denn schließlich ist es männlich.«

Diana runzelte die Stirn. »Daran habe ich gar nicht gedacht. Das ganze Wort ist wahrscheinlich herablassend und erniedrigend. Warum müssen wir nur so viele Wörter benutzen, die von der Männerwelt geprägt wurden? Können wir uns keine eigene Frauensprache zulegen?«

Ralph nickte. »Meine Frau meint, bevor mit Blick auf die Geschlechter eine echte Gleichberechtigung erreicht werden könne, müßten erst mal ganze Sprachbereiche überprüft und die grammatischen Geschlechter abgeschafft werden. Es stellt sich ja auch durchaus die Frage, mit welchem Recht man einen Tisch männlich und eine Kommode weiblich gemacht hat.«

»Mrs. Weaver«, fragte ich dazwischen, »wie lange kennen Sie Hiram Basswood schon?«

»Praktisch seit ich denken kann. Ich habe ihn in der Tanzschule kennengelernt. Heute würde einem das keiner mehr glauben, aber seine Version von *Big Apple* löste bei einem der halbjährlichen Vortragsabende der Miss Plimsol wahre Lachsalven aus.«

»Hiram mag dich sehr«, sagte Diana. »Es würde mich überhaupt nicht wundern, wenn dein nächster...«

Bertha Weaver errötete. »Darüber wollen wir jetzt nicht sprechen, Diana. Jedenfalls nicht, solange wir das Gesteck noch nicht fertig haben.«

»Wo kann ich Ihren Sohn Irving finden?« fragte ich.

»Er ist oben in seinem Zimmer und schreibt an seiner Magisterarbeit«, antwortete Diana. »Über die latente Heterosexualität Oscar Wildes.«

Ralph und ich folgten ihrer Wegbeschreibung und fanden Irving, der vor einer Reiseschreibmaschine hockte, auf ein leeres Blatt Papier starrte und Kartoffelchips aß.

Ralph und ich zeigten ihm unsere Ausweise. Er starrte auf meinen. »Henry Turnbuckle?«

Ich nickte stolz. »Ein uralter Name.«

Irving war gut einsneunzig groß, wog aber wahrscheinlich weniger als siebzig Kilo. Er bot uns von seinen Kartoffelchips an. »Die hier sind in einer runden Pappdose drin. Mit denen können alle anderen Chips nicht mithalten.«

Mir war, als schmeckten sie ein bißchen fad. »Hat irgendeine der hier im Hause lebenden Personen einen Spitznamen, Kosenamen oder so etwas?«

Irving dachte nach. »Soviel ich weiß, nannte mich meine Mutter immer Dindin, bis ich fast fünf war. Oder war das unser Hund? Ich kann mich nicht mehr so richtig daran erinnern.«

»Ach, übrigens«, sagte ich listig, »Sie heißen eigentlich gar nicht Weaver, nicht wahr?«

»Nein, der Familienname meines Vaters war Carson.«

Ich zog nachdenklich die Stirn in Falten. »Und wie war der Mädchenname Ihrer Mutter?«

»Swandon.« Er wischte sich die Finger mit einem Bogen Schreibmaschinenpapier ab. »Tut mir leid, daß ich keinen hilfreichen Beitrag leisten kann, aber P.M. hat allem Anschein nach nichts mit irgendeinem von uns zu tun.«

»Meine Mutti hat mich immer Schluckerchen genannt«, sagte Ralph.

Ich sah ihn verblüfft an. »Warum denn das?«

»Weil ich mal eine Büroklammer verschluckt habe. Glücklicherweise ging sie glatt durch.«

Ein Mädchen erschien in der Tür. »Ein Captain Wilberforce ist am Apparat und wünscht mit Sergeant Turnbuckle zu sprechen.«

Sie führte mich und Ralph zu einem im Nebenzimmer stehenden Telefon, und ich nahm den Hörer ab. »Henry«, sagte Captain Wilberforce, »die Schußwaffenexperten haben festgestellt, daß es eine 25er war. Noch wichtiger aber ist der Bericht des Coroner. Edward Weaver kann diese Initialen nicht auf den Teppich gemalt haben!«

»Wieso nicht?«

»Der Coroner ist absolut sicher, daß Weaver auf der Stelle tot war.«

Als ich aufgelegt hatte, gab ich die erhaltenen Informationen an Ralph weiter.

Er runzelte die Stirn. »Aber wer hat diese Buchstaben dann hingeschrieben? Und warum?«

»Das Warum ist einfach. Um uns auf eine falsche Spur zu locken.«

Ralph seufzte. »Mir gefällt der Gedanke gar nicht, daß einer der vier Tatverdächtigen Edward Weaver umgebracht haben soll. Sie machen alle einen sehr netten Eindruck. Wirken ganz vernünftig.«

»Es muß einer von ihnen gewesen sein«, sagte ich. »Wen hätten wir denn sonst noch?«

»Warum kann es denn nicht irgendein Fremder gewesen sein? Ein Eindringling? Ein Einbrecher?«

»Ralph!« sagte ich. »Du gehst mal wieder den Weg des geringsten Widerstands. Ist dir klar, wie viele Mordfälle unaufgeklärt geblieben sind, nur weil es ein naiver Ermittler vorgezogen hat, die Schuld einem fremden Eindringling zuzuschieben?«

»Wie viele?« fragte Ralph.

»Die genaue Zahl habe ich im Augenblick nicht parat, aber sie ist beachtlich. Und außerdem, würde ein Einbrecher wohl in einen hellerleuchteten Raum eindringen, in dem sich eine Person aufhält? Wie auch immer, es ist auch nichts als gestohlen gemeldet worden.«

»Könnte der Einbrecher nicht auch schon irgendwann früher am Abend in das Arbeitszimmer eingedrungen sein und sich hinter irgendwas versteckt haben? Er wollte vielleicht das Haus erst leerräumen, wenn alle schliefen. Aber dann entdeckte Weaver zufällig sein Versteck, und der Eindringling erschoß ihn und floh in die Nacht hinaus.«

»Ralph«, sagte ich, »warum hat sich dieser Einbrecher, bevor er in die Nacht hinausfloh, damit aufgehalten, die Initialen P.M. auf den Teppich zu malen?«

Ralph seufzte erneut, und wir kehrten zu Irvings Zimmer zurück.

Ich betrachtete ihn mir. »Was haben Sie gestern abend angehabt?«

Er dachte nach. »Ich hatte ein T-Shirt und Freizeithosen an.«

»Tragen Sie diese Sachen auch jetzt?«

»Das T-Shirt nicht, wie Sie sehen. Aber dieselben Hosen, ja.«

Ich lächelte. »Gestern abend hat einer von Ihnen, also von den vier Bridgespielern, den Spieltisch verlassen, sich nach draußen geschlichen, das Arbeitszimmer betreten und Edward Weaver erschossen.«

Irving hörte mir höflich zu.

»Und dieselbe Person, eben der Mörder, hat dann die Initialen P.M. auf den Teppich geschmiert, um den Verdacht nicht nur von sich selbst, sondern auch von allen anderen hier im Hause lebenden Personen abzulenken. Die Buchstaben P und M an sich haben keinerlei Bedeutung.« Ich lächelte wieder. »Aber darüber hinaus? Was haben wir darüber hinaus?«

»Ich weiß es nicht«, sagte Ralph. »Was haben wir denn darüber hinaus?«

»Wir haben einen Mörder mit Blut an einem Finger oder an mehreren.«

Irving und Ralph besahen sich ihre Finger.

Ich fuhr fort: »Und wenn ein Mörder Blut an dem oder den Fingern hat, was muß er dann machen?«

Ralph antwortete prompt. »Er muß das Blut davon abwischen, stimmt's? Er nahm also ein Stück herumliegendes Papier, wischte sich damit den oder die Finger ab und warf das Papier in den Papierkorb. Ich gehe mal ins Arbeitszimmer runter und sehe nach.«

»Laß gut sein, Ralph«, sagte ich. »Hätte der Mörder das Papier im Arbeitszimmer weggeworfen, dann hätten es die Leute von der Spurensicherung garantiert gefunden. Nein, Ralph, der Mörder *hat* zwar etwas benutzt, um sich das Blut von seinen Fingern zu wischen, aber er hat dieses Etwas nicht am Tatort zurückgelassen. Schließlich hätten wir ja, wenn wir's gefunden hätten, mit Sicherheit daraus geschlossen, daß jemand anders als Weaver diese Initialen auf den Teppich geschmiert haben mußte. Ein Sterbender könnte das zwar durchaus schaffen, aber er wäre wohl nie auch noch so ordentlich gewesen, sich die Finger abzuputzen und das dazu benutzte Papier in den Papierkorb zu schmeißen. Außerdem waren Weavers Finger – das war Bestandteil dieses ganzen schändlichen Plans – schon in sein

Blut getaucht worden und mußten auch in diesem blutverschmierten Zustand bleiben.

Nein, Ralph, der Mörder hat sich die Finger mit etwas abgewischt ... entweder mit einem Stück Papier oder mit einem Taschentuch ... und dieses Etwas dann in die Tasche ... oder auch Handtasche ... gesteckt, um es später irgendwo anders wegzuwerfen.«

Ralph sann darüber nach. »Aber wenn er's weggeschmissen hat, was nützt es uns, daß wir es jetzt wissen?«

Ich wandte mich an Irving. »Würden Sie bitte mal Ihre Taschen ausleeren und nach außen stülpen?«

Irving zuckte die Achseln und breitete den Inhalt seiner Taschen auf dem Tisch aus.

Ralph überprüfte alles. »Ich sehe nichts Verdächtiges.«

»Es ist kein Taschentuch dabei, Ralph«, sagte ich.

Irving kratzte sich am Kinn. »Ich hab schlicht vergessen, eins einzustecken. Das passiert mir dauernd.«

»Ralph«, sagte ich, »wenn man ein blutiges Taschentuch – oder etwas Entsprechendes – einsteckt, ist die Wahrscheinlichkeit groß, daß die *Innenseite* der betreffenden Tasche Blutflecken abbekommt.« Ich zeigte auf Irvings nach außen gestülpte rechte Hosentasche. »Ich sehe da Flecken, Irving. Glauben Sie, daß das Blut ist?«

Er blickte schnell an sich hinunter. »Ketchupflecken. Gestern beim Mittagessen hab ich aus Versehen eine von diesen offen herumstehenden Ketchupflaschen in die Hand genommen und mich bekleckert. Ich hab mein Taschentuch benutzt, um mir die Finger abzuwischen, und es dann weggeworfen, nachdem ich das Restaurant verlassen hatte.«

Ich sah ihn mit grimmiger Unnachgiebigkeit an. »Unser Laboratorium wird schnell herausfinden, ob das da Blut oder Ketchup ist, Sir. Wir werden auch mal unter Ihren Fingernägeln nachschauen. Zweifellos werden sich dort noch ein paar Spuren von dem Ketchup finden lassen. Wollen Sie weiterhin leugnen, daß das da auf dem Stoff Ihrer Hosentasche menschliches Blut ist?«

Irving knabberte langsam ein paar Kartoffelchips und dachte dabei nach.

Ich bedrängte ihn weiter. »Sie haben diese Initialen erfunden, um die Polizei auf eine falsche Fährte zu locken. Gibt's irgendeinen besonderen Grund dafür, daß Sie die Buchstaben P und M benutzten?«

Schließlich seufzte Irving auf. »Weil ich niemand von den Leuten, die ich kenne, in Schwierigkeiten bringen wollte. Und ich kenne eben niemanden mit den Initialen P.M.«

»Dann geben Sie also zu, Ihren Stiefvater ermordet zu haben?«

Irving massierte sich den Nacken. »Ich verweigere jede weitere Aussage, bis ich mit meinem Anwalt gesprochen habe.«

»Aha«, sagte ich. »Ralph, belehre ihn über seine Rechte.«

Nachdem das geschehen war, geleiteten wir Irving nach unten, wo Mrs. Weaver und Diana noch bei der Arbeit waren. Hiram Basswood hatte sich ihnen offensichtlich gerade erst zugesellt.

Sie alle starrten uns an, als ich erklärte, warum ich Irving mit ins Präsidium zu nehmen gedachte.

Bertha Weaver wandte sich an Hiram Basswood. »Hiram, bist du auch mit strafrechtlichen Sachen befaßt?«

Hiram richtete sich auf. »Irving braucht keinen Anwalt. Für die Initialen neben der Leiche bin ich verantwortlich. Nur waren die Buchstaben, die ich hingemalt habe, F und M. Warum hast du aus dem F ein P gemacht, Irving?«

Irving errötete leicht. »Weil da doch dieses Mädchen ist. Freda McCarthy. Eine Studentin. Centerspielerin in der Basketballmannschaft der Uni. Hübsche Augen, ganz tolle Person. Einssechsundachtzig. Wir waren schon ein paarmal zusammen aus und entdeckten dabei, daß wir eine Menge Gemeinsamkeiten haben. Ich hab davon gehört, wie gründlich die Polizei sein kann, und da dachte ich mir, daß ihr das F.M. vielleicht irgendwie schaden könnte. Und deshalb hab ich aus dem F ein P gemacht.«

Ich betrachtete Hiram Basswood voller Skepsis. »Einen Augenblick mal, Sir. Tragen Sie denselben Anzug, den Sie gestern zum Zeitpunkt des Mordes anhatten?«

Er sah auf seine Hosen hinab. »Ja. Warum?«

»Dann zeigen Sie mir doch bitte mal die Blutflecken in dem Stoff Ihrer Hosentasche, Sir.«

Er hob eine Braue. »Warum sollten denn im Stoff meiner Hosentasche Blutflecken sein?«

Ich lächelte. »Wenn Sie wirklich diese angeblichen Initialen F.M. hingemalt haben, wie sind Sie dann das Blut an Ihren Fingern wieder losgeworden?«

»Im Arbeitszimmer steht ein Aquarium mit Goldfischen. Ich habe einfach meine Hand ein paarmal darin hin und her bewegt, bis das Blut abgewaschen war.«

»Sehr schön«, sagte ich steif. »Sie haben also Edward Weaver ermordet und dann diese Initialen erfunden, um von sich abzulenken?«

Basswoods Blick wanderte von Bertha zu Irving zu Diana. »Edward war schon tot, als ich das Arbeitszimmer betrat.«

»Ah«, sagte ich, »und da war Ihnen sofort klar, daß einer Ihrer Mitspieler am Bridgetisch den Mord begangen haben mußte, weshalb Sie in dem Bemühen, diesen Mörder – oder diese Mörderin – zu schützen, schnell die besagten Initialen mit Weavers Blut auf den Teppich schmierten.«

Bertha Weaver lächelte. »Wie lieb von dir, Hiram, daß du versucht hast, uns zu schützen.« Sie blickte nachdenklich drein. »Je länger ich's bedenke, desto genauer weiß ich, daß den ganzen Abend über *keiner* von uns den Bridgetisch verlassen hat. Ist das nicht so, Kinder?« Irving stimmte ihr schnell zu, und Diana nickte mit dem Kopf. »Nicht einer von uns hat irgendwann den Tisch verlassen. Und das schließt auch Hiram ein.«

»Ach«, sagte ich spöttisch, »und warum meinte Hiram Basswood dann, diese Initialen da hinschmieren zu müssen, wo Sie doch alle ein perfektes Alibi hatten?« Ich sah sie streng an. »Ich möchte Ihnen raten, sich Ihre Worte genau zu überlegen. Wir bei der Polizei haben unsere eigenen, unerbittlichen Methoden, zur nackten Wahrheit vorzudringen, und wenn uns das gelungen ist, dann wird der Teufel los sein, und es wird drei Anzeigen hageln, wegen Verdunklung.«

Das Telefon klingelte, und Bertha nahm den Hörer ab. »Es ist für Sie, Sergeant Turnbuckle.«

Ich beschloß, den Anruf lieber im Arbeitszimmer entgegenzunehmen, und Ralph folgte mir dorthin.

Ich hob ab. »Hier Turnbuckle.«

»Na, wie kommen Sie voran, Henry?« erkundigte sich Captain Wilberforce.

Ich lächelte. »Ich bin fest überzeugt, daß ich diesen Fall in ein paar Stunden aufgeklärt haben werde.«

»Das ist ja schön, Henry«, meinte Wilberforce. »Ich würde aber nichts übereilen, Henry. Vergangene Nacht hat nämlich einer der Streifenwagen einen Besoffenen aufgegabelt. Die Jungs hätten ihn in ein Taxi gesteckt und nach

Hause geschickt, aber sie entdeckten, daß er eine Pistole bei sich trug. Sie brachten ihn deswegen mit her, und wir haben ihn überprüft. Er heißt Opie Bronson und hat ein ellenlanges Vorstrafenregister, vor allem Einbruchsdelikte. Wir haben die Pistole testen lassen, eine 25er. Raten Sie mal, was dabei herausgekommen ist!«

Ich schloß die Augen und wartete ab.

»Es hat sich gezeigt, daß die Kugel, die Edward Weaver tötete, aus Opies Pistole kam. Wir sprachen Opie darauf an, und vielleicht half ja, daß er einen Kater hatte, jedenfalls beschloß er, ein Geständnis abzulegen. Also, er ist in das Haus der Weavers eingebrochen und hat sich mit der Absicht im Arbeitszimmer versteckt, sich seine Beute zu holen, wenn alle schliefen. Dann hat ihn Weaver zufällig aufgestöbert, und Opie ist in Panik geraten. Er hat Weaver niedergeschossen und dann gemacht, daß er fortkam. Danach hat er sich heillos betrunken, um zu vergessen, was er getan hatte.«

Ich legte auf, trat an die Glastür zur Terrasse und starrte hinaus. Der verdammte Einbrecher war wahrscheinlich durch ebendiese Tür entkommen.

»Was hat denn der Captain gesagt?« wollte Ralph wissen.

»Ralph«, sagte ich, »wie viele Mordfälle haben wir, du und ich, schon aufgeklärt?«

»Siebenundzwanzig.«

»Und wie viele konnten wir nicht aufklären?«

»Vier.«

»Und wie viele wurden für uns aufgeklärt?«

»Fünf.«

»Nein, Ralph, jetzt sind es sechs.«

Ralph suchte in der Hausbar herum, bis er eine Flasche Sherry gefunden hatte.

Ich goß mir drei Fingerbreit ein und kippte den Drink in einem Zug hinunter. Dann straffte ich die Schultern und begab mich ins Wohnzimmer, um unseren Tatverdächtigen mitzuteilen, daß ich sie nicht mehr benötigte.

Mr. Willingers mißliche Lage

Mein Klient beugte sich vor. »Ich möchte gern wissen, wer ich bin.«

Ich nickte verständnisvoll. »Amnesie?«

»Genau.«

»Ich nehme an, Sie haben Ihre Brieftasche zu Rate gezogen, Sir? Haben Sie einen Führerschein oder vielleicht eine Benutzerkarte der Stadtbibliothek?«

Er war ungefähr Mitte Dreißig, schlank und trug eine dickrandige Brille. »Ich habe einen Führerschein, die übliche Anzahl von Kreditkarten und natürlich auch eine Sozialversicherungsnummer. Aber das alles sagt mir nur, wer ich *jetzt* bin, nicht, wer ich *war*.«

»Seit wann haben Sie diese Amnesie, Sir?«

»Seit etwas über sechs Jahren.«

Ich dachte nach. »Und nun ... nach sechs Jahren ... wollen Sie endlich mal rausbekommen, wer Sie sind? Oder waren? Haben Sie bislang überhaupt keine diesbezügliche Neugier verspürt?«

»O doch. Ich war überaus neugierig. Aber ich war auch der Ansicht, daß es nicht allzu weise sei, die Sache mit Nachdruck zu verfolgen.«

Ich wartete auf eine Erklärung.

»An einem warmen Abend vor sechs Jahren«, sagte er, »fand ich mich im Park einer nördlich von hier gelegenen Kleinstadt neben einem Gebüsch sitzen. Ich hatte grauenvolle Kopfschmerzen und dazu noch das bestimmte Gefühl, nicht mehr zu wissen, wer ich war. Es war wirklich einigermaßen erschreckend.«

Ich äußerte mich mitfühlend. »Das will ich wohl glauben. Aber haben Sie damals nicht gleich in Ihren Taschen nach einer Brieftasche oder irgendeiner anderen Identifikationsmöglichkeit gesucht?«

»Doch, das war das erste, was ich tat. Aber in meinen Taschen steckte keine Brieftasche. Ich hatte absolut gar nichts bei mir, womit ich meine Identität hätte feststellen können.«

»Sie sagten, es sei eine kleine Stadt gewesen? In kleinen Städten kennen sich die Leute doch. Hätten Sie nicht jemanden fragen können, wer Sie sind?«

»Daran habe ich durchaus gedacht. Aber so als allererste Maßnahme erschien mir das ein bißchen peinlich. Nein, es gab da noch etwas anderes, und ich beschloß, zunächst einmal das auszuprobieren.«

»Und was war das?«

»Ein Schlüssel. Außer diesem, einem Taschentuch und einem Kamm waren meine Taschen leer. Auf dem Plastikschildchen, das an dem Schlüssel hing, stand eine Nummer, und die Beschriftung ließ erkennen, daß er zu einem Schließfach im Busbahnhof der Stadt gehörte.«

»Und natürlich gingen Sie zu diesem Schließfach im Busbahnhof?«

»Natürlich. Und in dem Schließfach fand ich einen Aktenkoffer. Er enthielt zweihunderttausend Dollar. Die gesamte Summe in Hundert-Dollar-Scheinen.«

Ich nickte nachdenklich. »Sie müssen doch auf Ihrem Weg zum Busbahnhof Leuten begegnet sein. War da keiner, der Ihnen zunickte, der Ihnen ein Hallo zurief oder etwas in der Art?«

»Nein, nichts deutete bei irgend jemandem auf ein Wiedererkennen hin. Woraus ich schloß, daß ich in dieser Stadt wohl ein Fremder sein mußte.«

Ich kam zu der gleichen Schlußfolgerung. »Da Sie keine Autoschlüssel bei sich hatten, ist anzunehmen, daß Sie per Bus in die Stadt kamen. Sie taten dann den Aktenkoffer in das Schließfach und steckten den Schlüssel ein. Dann verließen Sie den Busbahnhof und gingen aus irgendeinem Grund in diesen Park. Dort wurden Sie allem Anschein nach überfallen und ausgeraubt. Ein Schlag auf den Kopf, dann nahm man Ihnen die Brieftasche ab. Etwas, was in einer kleinen Stadt nicht eben häufig vorkommt, aber eben auch nicht unmöglich ist. Und als Sie dann das Bewußtsein wiedererlangten, entdeckten Sie, daß Sie an Amnesie litten. Waren die Geldscheine alt oder neu?«

»Sie waren wohl schon in Umlauf gewesen.«

»Was hatten Sie an?«

»Einen ziemlich billigen Anzug, und einer meiner Schuhe hätte neu besohlt werden müssen. Im übrigen war ich glattrasiert und einigermaßen gepflegt.«

»Ah ja«, sagte ich. »Und was ging Ihnen durch den Kopf, als Sie all dieses Geld vor sich sahen?«

»Es schien mir recht offensichtlich, daß ich nicht zu der Sorte Mensch gehöre, die gewohnheitsmäßig zweihunderttausend Dollar in einem Aktenkoffer mit sich herumtragen. Mir kam sofort der Gedanke, daß ich entweder das Geld veruntreut oder eine Bank ausgeraubt haben mußte.«

»Ich nehme an, Sie dachten nicht daran, sich an die Polizei zu wenden?«

»Ganz und gar nicht. Ich hatte keine Lust, in den Knast zu wandern, sollte man mich des einen oder des anderen Verbrechens überführen.« Er seufzte. »Aber selbst wenn das Geld auf gänzlich unschuldige Weise in meinen Besitz gelangt war, so wußte ich doch, daß ich noch nie in meinem Leben soviel Geld in der Hand gehabt hatte und es höchst unwahrscheinlich war, daß ich jemals wieder soviel haben würde. Kurz, ich erlag der Versuchung. Ich verließ die Stadt mitsamt Aktenkoffer und Inhalt und hielt mich nicht auf, bis ich zwei Tage später die Westküste erreicht hatte.«

Er lächelte schwach. »Ja, die vergangenen sechs Jahre haben es bemerkenswert gut mit mir gemeint. Ich hatte Erfolg. Heute bin ich ein relativ wohlhabender Mann.«

»Und da kehren Sie nun also in den Mittleren Westen zurück, um herauszufinden, wer Sie einmal in Wirklichkeit waren und um vielleicht die zweihunderttausend Dollar demjenigen zurückzuerstatten, dem sie eigentlich gehören?«

»Genau. Ich möchte jedoch auf gar keinen Fall meine alte Identität zurückerhalten, wie immer die auch ausgesehen haben mag. Ich bin durchaus damit zufrieden, der zu sein, der ich heute bin. Ich bin lediglich neugierig auf die Vergangenheit.« Dann verfinsterte sich sein Gesichtsausdruck ein wenig. »Aber da gibt es doch noch etwas, was mich gelegentlich beunruhigt. Mal abgesehen davon, daß ich dieses Geld an mich genommen habe. Es ist mir jedoch ganz und gar unmöglich zu sagen, was es ist.«

»Erinnern Sie sich daran, wann und wo Sie zu Ihrer Amnesie gekommen sind?«

»Blue River Falls. Am 17. Juni 1971. Es ist eine kleine Stadt, ungefähr dreihundertfünfzig Kilometer nördlich von hier.«

»Wie haben Sie Blue River Falls wieder verlassen? Mit dem Bus?«

»Nein. Ich fand heraus, daß bis zum nächsten Tag kein

Bus mehr fahren würde, und so lange wollte ich nicht warten. Ich lief zum Bahnhof und erwischte gerade noch den einzigen Zug, der in Blue River Falls hält. Der brachte mich nach Chicago, und dort stieg ich in einen anderen, in Richtung Westen fahrenden Zug um.«

»Ihr Name, Sir?« fragte ich. »Der, den Sie jetzt tragen.«

»Es ist nicht notwendig, daß Sie wissen, wer ich bin. Ich bleibe mit Ihnen in Verbindung.«

»Haben Sie ein Paßfoto oder irgendein Bild, das ich benutzen kann?«

»Sie werden ohne auskommen müssen. Ich möchte nicht, daß Sie irgendwem mein Bild zeigen, zumal ich ja möglicherweise ein flüchtiger Rechtsbrecher bin. Das muß alles streng vertraulich bleiben. Bekommen Sie einfach nur heraus, wer ich war und wie ich an das Geld gekommen bin.«

Er zog seine Brieftasche heraus und begann, mir meinen Vorschuß hinzublättern. Einer der Geldscheine segelte zu Boden, und er bückte sich, um ihn aufzuheben. Als er sich wieder aufrichtete, stieß er mit dem Kopf gegen die Kante meines Schreibtischs.

Er fluchte und strich sich über den betroffenen Teil seines Schädels.

Ich wartete hoffnungsvoll und fragte ihn dann: »Hat dieser Stoß vielleicht zufällig ...«

Er schüttelte den Kopf. »Nein. Ich habe mir in den zurückliegenden Jahren schon zigmal den Kopf gestoßen und glaube nicht mehr, daß mir das mein Gedächtnis wiedergeben kann. Das könnte vielleicht eher ein emotionaler Schock, irgendeine Entdeckung oder ein Trauma erreichen.«

Früh am nächsten Morgen fuhr ich mit dem Wagen hinauf nach Norden und kam um zehn Uhr in Blue River Falls an. Den Fahrkartenschalter des Busbahnhofs fand ich in einem Drugstore in der Hauptstraße, wo man einen kleinen Bereich dafür abgetrennt hatte. Außerdem gab es dort noch eine Sitzbank für wartende Fahrgäste und an einer der Wände ein Dutzend metallener Schließfächer.

Ich ging zum Schalter. »Hätten Sie wohl mal einen Fahrplan?«

Man reichte mir ein einziges Blatt, dem ich entnehmen konnte, daß dieses Gebiet von der Northern Bus Line bedient wurde. Ausgangspunkt der Route war Clayton, und sie endete in Regansville. Am Abend fuhr der Bus in umgekehrter Richtung, also von Regansville nach Clayton.

Ich beschloß, von der Annahme auszugehen, daß mein Klient mit dem Abendbus angekommen war. In diesem Falle konnte er nur aus Regansville gekommen sein, weil bei dieser Tour Blue River Falls schon die zweite Station war.

Ich kehrte zu meinem Auto zurück und fuhr die etwa zwanzig Kilometer bis nach Regansville. Ich stellte den Wagen ab und wanderte umher, kam an den Büros der *Regansville Gazette* vorbei und fand schließlich die Stadtbibliothek.

Ich erkundigte mich am Informationsschalter nach dem Zeitungs- und Zeitschriftenlesesaal. Die Bibliothekarin, eine dunkelhaarige junge Frau von vielleicht dreißig Jahren, wies mich in den Keller, wo ich einen freundlich beleuchteten Raum fand, in dem einige ältere Leute an einem Tisch saßen und in der Tageszeitung oder in gerade erst erschienenen Zeitschriften lasen.

Ich suchte die Regale im hinteren Teil des Leseraums ab, bis ich die alten Ausgaben der *Regansville Gazette* gefunden hatte. Ich zog den großen Band heraus, der den Jahrgang 1971 enthielt, und nahm ihn mit zum Lesetisch.

Ich blätterte die Seiten durch und fand nichts von besonderem Interesse, bis ich zu der Woche des 21. Juni gelangte.

Alle Wetter ja, da hatte ich's! Auf der Titelseite der *Regansville Gazette*. Fotos, meinen Klienten eingeschlossen. Und sein Name war zu dieser Zeit Arnold Willinger gewesen.

Wie es aussah, war am 15. Juni 1971 James Dougherty, der zwölfjährige Sohn des Chefs und Besitzers der Dougherty Shoe Factory in Regansville, nicht zu Hause zum Abendessen erschienen. Statt dessen war sein Vater von einem unbekannten Mann angerufen und davon unterrichtet worden, daß man seinen Sohn entführt hatte und daß die Entführer zweihunderttausend Dollar für die sichere Rückgabe des Jungen verlangten.

Dougherty war auch darauf hingewiesen worden, daß er, sollte er zur Polizei gehen, seinen Jungen nicht wiedersehen würde. Das Lösegeld – komplett in Hundert-Dollar-Scheinen gestückelt – sollte in einen Aktenkoffer getan, nach Blue River Falls zum Busbahnhof gebracht und dort in einem der Schließfächer hinterlegt werden. Der Schlüssel des Schließfachs sollte sodann in einen Spalt im Sockel der im Stadtpark von Blue River Falls stehenden Reiterstatue gesteckt werden.

Dougherty hatte das Geld aufgetrieben, es in einen Aktenkoffer getan und einen seiner Buchhalter damit losgeschickt – einen gewissen Arnold Willinger.

Und das war das letzte, was von dem Geld gesehen worden war – und von Arnold Willinger.

Am Abend des gleichen Tages hatte Dougherty gegen elf Uhr einen weiteren Anruf der Entführer erhalten. Sie hatten wissen wollen, warum das Lösegeld nicht hinterlegt worden war.

Dougherty hatte beteuert, daß er jemanden damit losgeschickt habe, aber es sei wohl irgend etwas schiefgegangen. Er hatte den Entführern zugesagt, sofort noch einmal zweihunderttausend Dollar aufzutreiben und diesmal selbst als Bote zu agieren.

Während der Verhandlungen war Doughertys Sohn in einer Holzhütte irgendwo in den Wäldern um Regansville eingesperrt gewesen. Im Laufe der frühen Morgenstunden des folgenden Tages war es ihm, einem offensichtlich überaus umsichtigen Knaben, gelungen, sich von seinen Fesseln zu befreien, während seine Entführer noch schliefen. Der Junge hatte sich still aus der Hütte geschlichen, war durch den Wald bis zur nächsten Straße gelaufen und hatte dort ein Auto angehalten. Eine Stunde später hatte er den Sheriff und seine Leute zu der Holzhütte geführt, wo sie die Entführer, die in der Gegend fremd waren, geweckt und festgenommen hatten.

Ich las den Bericht noch einmal durch, begab mich dann nach oben und fragte die Bibliothekarin nach dem Weg zur Dougherty Shoe Factory. Daraufhin fuhr ich zu der Fabrik, einem großen, dreigeschossigen Gebäude, das einen halben Straßenblock einnahm.

Im Bürotrakt des Werkes fragte ich mich weiter durch und sah mich schließlich einer Miss Henson gegenüber, bei der es sich um Doughertys Privatsekretärin handelte.

Sie war eine ziemlich auffallende Erscheinung mit grünblauen Augen, von der Natur wohlbedacht. Sie erkundigte sich, warum ich Mr. Dougherty zu sprechen wünsche.

Ich lächelte rätselhaft und erklärte ihr, daß es sich um eine vertrauliche, nur ihn betreffende Angelegenheit handele.

Sie betrachtete mich voller Skepsis, zuckte dann aber die Achseln und begab sich in Doughertys Büro.

Während ich auf ihre Rückkehr wartete, erregte ein gerahmtes Foto auf ihrem Schreibtisch meine Aufmerksamkeit. Es zeigte ein Bowling-Damenteam, dessen zentrale Gestalt, Miss Henson, irgendeinen Pokal umklammert hielt.

Miss Henson kehrte aus dem Büro ihres Chefs zurück. »Mr. Dougherty läßt bitten.«

Dougherty, ein großgewachsener Mann in den Fünfzigern, forderte mich auf, mich zu setzen, und wartete.

»Mein Name ist Turnbuckle«, sagte ich. »Henry Turnbuckle. Ich bin Privatdetektiv.«

Er war nicht beeindruckt. »Und?«

»Mr. Dougherty, vor sechs Jahren wurde Ihr Sohn entführt, nicht wahr?«

Er nickte vorsichtig. »So ist es.«

»Die Entführer forderten damals zweihunderttausend Dollar, und Sie brachten das Geld auf und schickten einen gewissen Arnold Willinger damit los. Er sollte es in Blue River Falls in einem der Schließfächer des dortigen Busbahnhofs hinterlegen.«

Die Erinnerung an diesen Vorgang ließ Doughertys Gesicht rot anlaufen. »Arnold verschwand, ja, und mit ihm mein Geld.«

»Mr. Dougherty«, sagte ich, »ich bin in der Lage, dafür sorgen zu können, daß Sie diese zweihunderttausend Dollar zurückbekommen.«

Er setzte sich schnell auf. »Wenn Sie wissen, wo Arnold steckt, dann übergeben Sie ihn besser der Polizei.«

»Ich weiß wirklich nicht, wo er sich im Augenblick aufhält. Er hat sich jedoch an mich gewandt und angeboten,

Ihnen all das zurückzuerstatten, was er Ihnen genommen hat. Wollte ich versuchen, ihm etwa eine Falle zu stellen, um ihn an die Polizei auszuliefern, und dieser Versuch schlüge fehl, würde er ganz ohne Zweifel einfach wieder verschwinden, und Sie säßen nach wie vor ohne die zweihunderttausend Dollar da.« Ich wiegte den Kopf. »Ich meine, Sie sollten das Geld nehmen und Arnold in Ruhe lassen.«

Dougherty dachte eine Weile nach und zuckte dann die Achseln. »Gut, ich werde mich mit dem Geld begnügen.«

Ich nickte. »Und Sie sollen es bekommen. Ich möchte Ihnen jedoch, wenn ich darf, noch ein paar Fragen stellen. Als man Sie davon unterrichtete, daß Ihr Sohn entführt worden war, legte man Ihnen, soviel ich weiß, auch nahe, sich nicht an die Polizei zu wenden?«

»Und das tat ich auch nicht. Sie erfuhren überhaupt nichts, bis dann mein Sohn den Entführern entwischt war.«

»Als Sie Arnold nach Blue River Falls schickten, wußte er da, daß Ihr Sohn entführt worden war?«

»Nein. Meine Frau und ich behielten das für uns.«

»Wußte Arnold, daß in dem Aktenkoffer zweihunderttausend Dollar waren?«

»Nein. Ich gab ihm nur die Anweisungen, was er damit machen sollte. Vielleicht ist ihm ja der ganze Auftrag ein bißchen seltsam vorgekommen, aber er hat keinerlei Fragen gestellt.«

»Warum wählten Sie Arnold für den Geldtransport aus?«

»Eigentlich hatte ich das selbst übernehmen wollen, aber meine Frau redete es mir aus. Sie hatte Angst, ich könnte die Beherrschung verlieren und etwas tun, was die Sache vermasseln würde. Sie dachte, es wäre besser, einen Außenstehenden zu schicken, jemanden, der nicht emotional beteiligt wäre. Arnold war lediglich der erstbeste, der zur Verfügung stand, sozusagen.«

»Waren Sie vielleicht so vorausschauend, wenigstens die Seriennummern der Geldscheine aufzulisten?«

»Das habe ich getan. Habe selbst alle Nummern festgehalten und die Liste später der Polizei übergeben.« Er erhob sich und trat an einen Aktenschrank. Nach kurzer Suche zog er ein Bündel Durchschlagpapier heraus. »Da sind sie.«

Ich blätterte die Kopien durch. »Ist von dem Geld jemals etwas aufgetaucht?«

»Nicht ein Cent. Ich nehme an, Arnold war in der Lage, es an einen Hehler zu verkaufen, oder was Leute sonst so tun, um heißes Geld loszuwerden.«

Ich persönlich bezweifelte, daß Arnold über Kenntnisse dieser Art verfügte. »Sie sagten, Sie hätten die Nummern festgehalten. Bedeutet das, daß Sie die Liste gleich mit der Maschine geschrieben haben?«

»Nein, ich notierte die Nummern zunächst mit der Hand und gab diese Liste dann meiner Sekretärin, die sie für die Polizei abtippte. Dies hier ist einer der Durchschläge.«

»Sie meinen mit Ihrer Sekretärin Miss Henson?«

»Ja.«

Ich gab Dougherty das Papierbündel zurück, versicherte ihm, daß er sein Geld schon bald zurückerhalten werde, und verabschiedete mich.

Als ich aus seinem Büro kam, stellte ich fest, daß Miss Henson offensichtlich gerade irgendwo im Haus unterwegs war.

Ich wartete eine Weile, und als sie nicht zurückkam, ließ ich das Foto der Bowling-Mannschaft in meine Tasche gleiten und ging.

Ich fuhr heim und hielt bei einem Fotogeschäft in der

Nähe meines Büros. Ich bat darum, mir eine Vergrößerung nur von Miss Henson anzufertigen.

Diese Vergrößerung hatte ich in meiner Schreibtischschublade liegen, als Arnold Willinger Ende der Woche erneut bei mir erschien. Diesmal hatte er einen Aktenkoffer dabei. »Haben Sie herausgefunden, wer ich bin?«

Ich nickte. »Es hat alles mit der Entführung des Sohnes von Dougherty angefangen.«

Er sah mich erstaunt an.

Ich fuhr fort: »Am 15. Juni 1971 wurde der Sohn von Cletus Dougherty, Präsident der Dougherty Shoe Company in Regansville, entführt. Seine Entführer forderten ein Lösegeld von zweihunderttausend Dollar. Dougherty sammelte das Geld zusammen, tat es in einen Aktenkoffer und übergab Ihnen diesen mit der Anweisung, ihn in ein Schließfach im Busbahnhof von Blue River Falls zu bringen. Dort wollten sich die Entführer die Tasche dann abholen.«

Er wurde bleich. »Es handelte sich um Lösegeld?«

»Ja. Sie deponierten die Tasche weisungsgemäß im Schließfach und waren gerade dabei, auch den Schlüssel in der Ihnen aufgetragenen Weise zu verstecken, als Sie von einem Straßenräuber überfallen und Ihrer Brieftasche ebenso wie Ihres Gedächtnisses beraubt wurden.«

Arnold betupfte sich die Stirn mit seinem Taschentuch. »Und der junge Dougherty? Was geschah mit ihm?«

»Ihm gelang es, aus der Hütte, in der er gefangensaß, zu fliehen, als seine Entführer schliefen. Er ging schnurstracks zum Sheriff, der sich daraufhin mit seinen Leuten zur Hütte aufmachte und die Entführer festnahm.« Ich lächelte. »Ihr Name ist Arnold Willinger. Sie wohnten in Regansville und waren Angestellter der Firma Dougherty.«

Er saß eine Weile schweigend da und rieb sich das Kinn. Dann sagte er: »Arnold Willinger? Arnold Willinger? Ja, das klingt irgendwie vertraut. Und mir ist auch, als sähe ich die vagen Umrisse einer Schuhfabrik vor mir.«

»Ausgezeichnet«, sagte ich. Ich zog die Vergrößerung, die Miss Henson zeigte, aus meiner Schreibtischschublade und hielt sie ihm ganz schnell vor die Augen. »Und wer ist das?«

Arnold starrte einen Augenblick mich an, dann das Foto. »Ah ja. Es kommt ganz, ganz langsam wieder, Benson, Jenson, Renson. Nein! *Henson*. Aber natürlich. Ich denke, daß das Miss Henson ist.«

Ich lächelte triumphierend. »Ich wußte es doch! Wenn Sie überhaupt etwas aus Ihrer Amnesie herausreißen konnte, dann nur dieses Bild.«

Er sah wieder mich an. »Warum meinten Sie, daß es dieses Foto schaffen würde?«

Ich verschränkte die Arme. »Verehrter Herr, weil Dougherty, als er das Lösegeld zusammenklaubte, die Seriennummern aller Geldscheine notierte. Seine Liste übergab er dann Miss Henson, die sie für die Polizei abtippen sollte. Und doch ist in all den zurückliegenden Jahren nicht ein einziger zu dem Lösegeld gehörender Schein aufgetaucht. Wissen Sie, warum nicht?«

Er öffnete den Mund, um etwas zu sagen, aber ich hob die Hand. »Weil Miss Henson, als sie die Liste tippte, bei jeder Seriennummer ein oder zwei Zahlen geändert hat.«

Willinger runzelte die Stirn. »Und warum das?«

»Das tat sie, weil sie verhindern wollte, daß Sie, wenn die Scheine in Umlauf kamen, verhaftet würden.« Ich lächelte wieder. »Da Ihr Gedächtnis immer mehr zurückkehrt, werden Sie sich auch daran erinnern, daß die Beziehung zwischen Ihnen und Miss Henson nicht gerade die zwischen Fremden war.« Ich lachte in mich hinein. »Wie steht's jetzt mit Ihrem Erinnerungsvermögen?«

»Sehr gut«, sagte er. »Alles findet sich wieder ein. Nur sehe ich noch nicht, warum Miss Henson diese Seriennummern verändert haben sollte. Wir kannten uns nur sehr flüchtig. Um es ganz deutlich zu sagen, zwischen uns war absolut nichts, und höchstwahrscheinlich wäre es auch nie zu etwas gekommen. Hat sie *gesagt*, daß sie die Nummern verändert hat?«

»Hm, nein«, gestand ich ein wenig widerstrebend. »Ich bin aber aufgrund reiner Deduktion und unwiderlegbarer Logik zu dieser Schlußfolgerung gelangt. Wie sonst ließe sich erklären, daß keine einzige der zu dem Lösegeld gehörenden Banknoten je irgendwo aufgetaucht ist?«

»Ganz einfach«, sagte Arnold. Er klopfte auf den Aktenkoffer. »Weil ich nämlich von dem Lösegeld nicht einen einzigen Schein ausgegeben habe.«

Mindestens fünfzehn Sekunden lang war es vollkommen still in meinem Büro.

Arnold nickte. »Wirklich! Nicht einen roten Heller. Als ich mich mit dem Geld zur Westküste aufmachte, hatte ich tatsächlich vor, es mit beiden Händen auszugeben. Aber irgendwie brachte ich es dann doch nie fertig.« Er lächelte. »Gleich am ersten Tag nach meiner Ankunft an der Küste bekam ich bei einer expandierenden Firma einen recht ordentlichen Job. Und irgendwie schien mir die bloße Tatsache, daß ich dieses Geld *hatte*, ein Selbstvertrauen zu vermitteln, wie es mir früher völlig fremd gewesen war. Das Geld bedeutete Sicherheit, eine Reserve, auf die ich jederzeit hätte zurückgreifen können. Aber dazu kam es nie. Alles fügte sich zum Besten, und heute bin ich ein wohlhabender Mann.«

Ich starrte auf den Aktenkoffer. »Sie haben dieses Geld tatsächlich nie angetastet?«

»Nicht einen Schein habe ich ausgegeben. Dies ist sogar noch der ursprüngliche Koffer.«

Ich seufzte. »Sie hinterhältiger Bursche! Sie hatten überhaupt keine Amnesie.«

Er richtete sich auf. »Aber natürlich hatte ich eine.«

»Unsinn«, sagte ich. »Wenn Sie damals in Blue River Falls mittellos aufgewacht sind und das Lösegeld nicht angerührt haben, wie wollen Sie dann die Fahrkarte bezahlt haben, geschweige denn die Mahlzeiten, die Sie auf Ihrem Weg zur Westküste zu sich genommen haben müssen?«

Er zuckte angesichts der Lückenhaftigkeit seiner Geschichte zusammen und beschloß, die Wahrheit zu sagen. »Also gut. Ich hatte keine Amnesie. Als mir Dougherty den Aktenkoffer aushändigte und seine merkwürdigen Anweisungen gab, wurde ich neugierig. Kaum aus dem Haus, schaute ich in den Aktenkoffer, sah das Geld und faßte ganz spontan den Entschluß, es zu stehlen. Bevor ich jedoch die Stadt verließ, löste ich bei der Bank mein Sparkonto auf, was mir zu rund tausend Dollar verhalf. Dieses Geld benutzte ich dann für die Fahrkarte, mein Essen und dergleichen. Dougherty hatte mir nichts von der Entführung gesagt. Hätte ich gewußt, daß es um das Leben seines Sohnes ging, hätte ich das Geld nie und nimmer gestohlen. So nahm ich einfach an, daß Dougherty irgend etwas Fragwürdiges vorhatte, beispielsweise Geld aus dem Weg schaffen wollte, um bei der Einkommens- und Unternehmenssteuer zu sparen. An so etwas wie Lösegeld habe ich überhaupt nicht gedacht.«

Ich war noch nicht bereit, ihm zu vergeben. »Warum dann aber diese ganze Geschichte mit der Amnesie? Wenn

Sie wußten, wer Sie waren, und wenn Sie die Absicht hatten, das Geld zurückzugeben, warum haben Sie dann den Aktenkoffer nicht einfach per Post an Dougherty geschickt, womit die Sache doch erledigt gewesen wäre?«

»Weil mir wirklich daran lag, daß jemand in Regansville ... nicht Miss Henson, sondern die Bibliothekarin ... glaubte, ich hätte an Gedächtnisschwund gelitten. Und Sie sollten dabei mein Helfershelfer sein, sozusagen. Wenn ich mein Gedächtnis endlich ›wiedererlangt‹ hätte, wollte ich Sie, so mein Plan, erneut nach Regansville schicken, und zwar nun mit dem Auftrag herauszufinden, ob sie noch unverheiratet ist, ob sie sich noch was aus mir macht und ob sie bereit sein könnte, die Stadt still und leise zu verlassen, um mit mir zusammen an die Westküste zurückzukehren.«

Er seufzte. »Wie kann man einer Frau sagen, daß man sie vor sechs Jahren nur deshalb verlassen hat, weil man zweihunderttausend Dollar klauen wollte? Das würde doch ihren Stolz tief verletzen. Wenn ich nun aber behauptet hätte, die Amnesie sei an allem schuld gewesen, und Sie sich bereit gefunden hätten zu bestätigen, daß die Sache mit der Amnesie gestimmt habe ...«

Ich fuhr am folgenden Morgen erneut nach Regansville und überbrachte Dougherty den Aktenkoffer mit den zweihunderttausend Dollar.

Danach machte ich bei der Stadtbibliothek von Regansville Station, nahm die Bibliothekarin, Miss Turley, beiseite und schilderte ihr in kurzgefaßter Form Willingers mißliche Lage.

Miss Turley sah glücklich drein. »Ich wußte immer, daß es irgend etwas Ernsthaftes wie Amnesie gewesen sein mußte. Ich habe nie auch nur einen Augenblick geglaubt, er hätte einfach das Geld an sich genommen und wäre damit auf und davon gegangen.«

Ich nickte. »Der ernsthafteste und hartnäckigste Fall von Amnesie, der mir je begegnet ist. Aber Stöße gegen den Kopf reichen wohl doch nicht ganz aus, ihm sein Gedächtnis wiederzugeben. Wenn Sie mich jedoch begleiten würden ... ich habe so das Gefühl, daß der Anblick eines Menschen, den er wirklich gern mochte, genau die Medizin sein könnte, die es braucht, um ihn von dieser Amnesie zu befreien.«

Und so war es natürlich auch.

Jack Ritchie im Diogenes Verlag

»Eine Lektüre für Leser, die auch an sehr schwarzem Humor und überraschenden Effekten Genuß finden – beispielsweise Freunde der ARD-Krimistunde.«
Das Neue Buch, München

»Jack Ritchie ist einer der originellsten Kriminalschriftsteller und gleichzeitig der am knappsten schreibende.« *Anthony Boucher/The New York Times*

»An seinen Erzählungen fasziniert die Raffinesse des Vorgehens. Das Blut fließt relativ sparsam, die Fäuste fliegen nicht, es gibt keine Auto-Verfolgungsjagden. Ritchies Täter arbeiten mit dem Kopf, sie denken leise, ihnen ist kein Winkelzug unbekannt; aber auch jene, die sie zu Fall bringen, sind mit allen Wassern gewaschen. So entsteht eine Spannung, die der beim Schach ähnlich ist. Schwarzer Humor, Ironie und Intellekt sind die Substanzen, aus denen der Autor seine süffigen Geschichten braut.«
Walter Gallasch/Nürnberger Nachrichten

Der Mitternachtswürger
Geschichten. Aus dem Amerikanischen
von Alfred Probst

Für alle ungezogenen Leute
Geschichten. Deutsch von
Dorothee Asendorf

Gedächtnis ade
Geschichten. Deutsch von Elfriede Riegler
und Dorothee Asendorf

Bei Anruf Alibi
Geschichten. Deutsch von Jobst-
Christian Rojahn

Jonathan Latimer im Diogenes Verlag

»Auf die Frage, was er denn von Beruf sei, antwortet der Hallodri: ›Für die Welt bin ich ein einfacher Geschäftsmann. Tatsächlich aber bin ich ein großer Detektiv.‹ Stimmt, auch wenn er natürlich das schwarze Schaf aus der illustren Familie der Spürnasen ist. Aber sind sie nicht alle ein bißchen meschugge, diese Sherlock Holmes, Hercule Poirots, Miss Marples, Nero Wolfes, Perry Masons, bis hin zu Sam Spade und Philip Marlowe? Diese Eierköpfe und einsamen Wölfe, die die kranke bürgerliche Gesellschaft von ihren Geschwüren zu befreien versuchen?
Latimers Romane, die mit rasantem Tempo ablaufen und voll leichtfüßiger Pingpong-Dialoge sind, mehr mit Ben Hecht und Frank Capra zu tun haben, waren nie so recht akzeptiert im Krimi-Kanon. Hoffentlich werden bald alle ins Deutsche übersetzt. Sie haben es verdient, denn sie sind von zeitlosem Witz.«
Wolfram Knorr/Die Weltwoche, Zürich

Leiche auf Abwegen
Roman. Aus dem Amerikanischen von Ulrike Wasel und Klaus Timmermann

Wettlauf mit der Zeit
Roman. Deutsch von Nikolaus Stingl

Mord bei Vollmond
Roman. Deutsch von Kurt Bracharz

Rote Gardenien
Roman. Deutsch von Walter Kolbenhoff

Salomons Weinberg
Roman. Deutsch von Kurt Bracharz

Den Toten ist's egal
Deutsch von Helmut Gerstberger

Ross Macdonald im Diogenes Verlag

»Ross Macdonald gilt schon heute als ein Klassiker des Kriminalromans. Kein anderer lebender Thriller-Autor ist in den USA und in Großbritannien so gefeiert worden wie er: die ›New York Times Book Review‹ und ›Newsweek‹ widmeten ihm mehrere Titelgeschichten – kein anderer ist so erfolgreich.
Lew Archer, Macdonalds grauhaariger und keineswegs heldenhafter Privatdetektiv, gehört zu der Spezies, wie sie vor ihm etwa Hammetts Sam Spade und, vor allem, Chandlers Philip Marlowe verkörperten.«
Luzerner Neueste Nachrichten

Durchgebrannt
Roman. Aus dem Amerikanischen von Helmut Degner

Geld kostet zuviel
Roman. Deutsch von Günter Eichel

Die Kehrseite des Dollars
Roman. Deutsch von Günter Eichel

Der Untergrundmann
Roman. Deutsch von Hubert Deymann

Dornröschen war ein schönes Kind...
Roman. Deutsch von Wulf Teichmann

Unter Wasser stirbt man nicht!
Roman. Deutsch von Hubert Deymann

Ein Grinsen aus Elfenbein
Roman. Deutsch von Charlotte Hamberger

Die Küste der Barbaren
Roman. Deutsch von Marianne Lipcowitz

Der Fall Galton
Roman. Deutsch von Egon Lothar Wensk

Gänsehaut
Roman. Deutsch von Gretel Friedmann

Der blaue Hammer
Roman. Deutsch von Peter Naujack

Der Drahtzieher
Sämtliche Detektivstories um Lew Archer I. Mit einem Vorwort des Autors. Deutsch von Hubert Deymann und Peter Naujack

Einer lügt immer
Detektivstories um Lew Archer II. Deutsch von Hubert Deymann

Sanftes Unheil
Roman. Deutsch von Monika Schoenenberger

Der Mörder im Spiegel
Roman. Deutsch von Dietlind Bindheim

Blue City
Roman. Deutsch von Christina Sieg-Welti und Christa Hotz

Henry Slesar im Diogenes Verlag

Erlesene Verbrechen und makellose Morde
Geschichten. Auswahl und Einleitung von Alfred Hitchcock. Aus dem Amerikanischen von Günter Eichel und Peter Naujack. Mit Zeichnungen von Tomi Ungerer

Ein Bündel Geschichten für lüsterne Leser
Sechzehn Kriminalgeschichten
Deutsch von Günter Eichel. Mit einer Einleitung von Alfred Hitchcock und vielen Zeichnungen von Tomi Ungerer

Aktion Löwenbrücke
Roman. Deutsch von Günter Eichel

Das graue distinguierte Leichentuch
Roman. Deutsch von Paul Baudisch und Thomas Bodmer

Vorhang auf, wir spielen Mord!
Roman. Deutsch von Thomas Schlück

Ruby Martinson
Vierzehn Geschichten um den größten erfolglosen Verbrecher der Welt, erzählt von einem Freunde. Deutsch von Helmut Degner

Hinter der Tür
Roman. Deutsch von Thomas Schlück

Schlimme Geschichten für schlaue Leser
Deutsch von Thomas Schlück

Coole Geschichten für clevere Leser
Deutsch von Thomas Schlück

Fiese Geschichten für fixe Leser
Deutsch von Thomas Schlück

Böse Geschichten für brave Leser
Deutsch von Christa Hotz und Thomas Schlück

Die siebte Maske
Roman. Deutsch von Alexandra und Gerhard Baumrucker

Frisch gewagt ist halb gemordet
Geschichten. Deutsch von Barbara Rojahn-Deyk und Jobst-Christian Rojahn

Das Morden ist des Mörders Lust
Sechzehn Kriminalgeschichten
Deutsch von Barbara Rojahn-Deyk und Jobst-Christian Rojahn

Meistererzählungen
Deutsch von Thomas Schlück und Günter Eichel

Mord in der Schnulzenklinik
Roman. Deutsch von Jobst-Christian Rojahn

Rache ist süß
Geschichten. Deutsch von Ingrid Altrichter

Das Phantom der Seifenoper
Geschichten. Deutsch von Edith Nerke, Barbara Rojahn-Deyk und Jobst-Christian Rojahn

Teuflische Geschichten für tapfere Leser
Deutsch von Jürgen Bürger

Listige Geschichten für arglose Leser
Deutsch von Irene Holicki und Barbara Rojahn-Deyk